KB148891

생각의 숲에서 길을 묻다

인생의 길을 묻는 그대에게

생각의 숲에서 길을 묻다

소관섭 산문집

세시

| 머리말 |

세계에서 가장 높은 봉우리인 히말라야에 야명조夜鳴鳥라는 새가 살고 있다 한다. 이 새는 금빛 햇살을 받으며 하루 종일 행복하게 날아다니다가 밤이 되면 뼛속까지 얼어붙는 추위에 떨며 '내일 날이 밝으면 반드시 따뜻한 집을 지어야지.' 라고 다짐을 한다. 그런데 다음 날 날이 밝으면 지난 밤의 추위와 각오는 까맣게 잊어버리고 에베레스트의 아름다움에 취하여 하루 종일 즐겁게 논다.

뛰어난 예술인이나 훌륭한 문학인이 되려면 선천적으로 타고난 재능이 있어야 하고, 후천적으로 많은 노력을 해야 한다. 그런데 나는 선천적으로 재능도 없고, '야명조'처럼 미루기를 좋아하여 훌륭한 작품을 쓰지도 못하면서 문학인 행세를 하고 있으니 부끄럽기만 하다.

그러나 나는 진심으로 문학을 사랑하고 문학을 좋아한다. 비록 좋은 글은 못쓰지만 훌륭한 문학 작품을 읽을 때마다 감동을 하고 감탄을 하며, 국어선생님이 되어 문학을 가르치는 일을 최고의 행복으로 생각한다.

문학 활동을 하다 보면 대부분의 문학인들이 언제 그렇게 많은 작품을 썼는지 시집이나 수필집이 없는 문학인은 거의 없다. 참으로 부럽기만 하다.

나이를 먹다 보니 후배들이 언제 책을 내느냐고 물을 때마다 부끄럽고, 미안하기도 하다. 금년에는 반드시 책을 내야겠다고 결심을 하고 그동안에 발표한 작품과 신작을 모아 책을 발간하게 되었다. 늦게라도 정리를 하고 나니 무슨 큰일이나 한 것처럼 기쁘다.

사람은 하루 종일 생각을 한다. 밥을 먹으면서도 생각을 하고, 길을 걸으면서도 생각을 하며, 잠을 자면서도 생각을 한다. 그리고 '생각이란 무엇인가?'에 대하여 생각을 하기도 한다. 데카르트의 "나는 생각한다. 그러므로 존재한다."는 말처럼, 생각은 곧 나 자신이나 마찬가지다.

그런데 생각은 좋을 수도 있고, 나쁠 수도 있다. 따라서 생각은 행복을 가져다주기도 하고, 불행을 주기도 한다. 바른 생각, 좋은 생각, 아름다운 생각, 지혜로운 생각을 하면 행복하고, 그른 생각, 나쁜 생각, 추한 생각, 어리석은 생각을 하면 불행하다. 이 세상에 생각처럼 중요한 일은 없다.

학교 교육의 핵심은 사고력 신장에 있다. 따라서 사고력을 신장시키기 위해 많은 학생들이 책을 읽고, 얼마나 사고력이 신장되었는지 평가를 하기도 한다. 그런데 유감스럽게도 생각의 중요성에 대하여 잘 모르는 사람이 많은 것 같다.

문학은 사람에 대한 이야기, 사람이 살아가는 이야기를 쓴다. 내가 체험하고 사색한 모든 것, 즉 생활을 하면서 느끼고 생각한 것을 글로 쓴다. 따라서 문학은 곧 자신의 생활의 기록이며, 생각의 기록이다.

많은 사람들이 글을 읽기는 좋아하면서도 자기의 이야기를 글로 쓰는 것은 매우 힘들어한다. 많은 생각을 해야 하기 때문이다.

책을 발간할 수 있도록 격려해 준 문인협회 익산지부 회원, 원창학원 교직원, 그리고 아내와 딸, 출판을 맡아 수고해준 동생에게 깊은 감사를 드린다.

2011, 가을에

소관섭

| 차 례 |

제 1 장

배우며 가르치며

–대한민국에서 선생님으로 살아가기

제 2 장

나는 생각한다

–마음, 그 알 수 없음에 대하여

제 3 장

문학과의 만남

-삶과 문학을 이야기하다

제 1 장

배우며 가르치며

-대한민국에서 선생님으로 살아가기

독서예찬

벌써 오래 전 일이다. 고등학교 3학년 담임을 맡게 되어 학부모님과 상담을 하는데, 한 학부형이 "아들 녀석이 책이라면 질색을 하고 지지리도 공부를 못하니 어느 때는 함께 죽어버리고 싶은 심정."이라고 하였다. 그리고 사실은 부전자전인지 자신도 책만 잡으면 잠이 오니 수면제가 필요 없다고 하였다.

나는 속으로 '그럼요, 공부는 아무나 하나요? 일하기보다 힘든 게 공부지요.' 라고 솔직히 대꾸를 하고 싶었으나, 그래도 위로를 드리려고, "세상에 놀기를 좋아하는 사람은 많아도 책읽기를 좋아하는 사람은 거의 없을 것입니다. 그래서 요즘 제가 책을 베고 잠을 자기만 해도 책의 내용이 머리에 쏙쏙 들어오는 특수 베개를 만들고 있는 중이니 그 때까지만 기다려 주시지요."라고 능청을 떨었다.

그랬더니 그분도 재치있게 "선생님께서 그런 베개를 만드시면 제가 맨 먼저 구입하겠습니다. 아마 제품이 나오기만 하면 날개 돋친 듯 팔릴 것이고, 지긋지긋한 공부로부터 인류를 구했으니 노벨평화상을 받을 것 같네요."라고 농담을 하여 크게 웃은 적이 있다.

돌이켜 보면 나 역시 어렸을 때에는 책 읽기를 몹시 싫어하였다. 그리하여 학교에서 집에 돌아오면 책보를 마루 한쪽 구석에 팽개쳐 버리고 친구들과 함께 산과 들로 다니며 새도 잡고 물고기도 잡으며 떼 지어 다니는 것이 하루 일과였다. 그리고 풀어보지도 않은 책보는 다음날 그대로 학교로 가지고 갔고, 숙제검사를 하면 몇 대 맞으면 그만이었다.

그러나 중학교에 들어가니 상황이 달라졌다. 초등학교 때 함께 어울려 다니던 동네 친구들은 대부분 S읍에 있는 중학교로 진학을 했는데 나만 익산중학교로 들어가는 바람에 갑자기 친구가 없는 외톨이가 되어버렸다. 그리하여 십 리가 넘는 먼 길을 혼자 걸어서 학교를 다니다 보니 무료한 시간을 달래기 위해 어쩔 수 없이 학교 도서관에서 책을 빌려다 읽게 되었고, 나도 모르게 독서에 흥미를 느끼게 되어 깊이 빠져들게 되었다.

그후 시내에 있는 인문계 고등학교에 진학을 한 후에는 입시에 쫓겨 거의 책을 읽지 못했으나, 다행히 하숙집에 박종화 씨의 역사소설 전집이 있어 〈자고 가는 저 구름아〉 등을 재미있게 읽었던 기억이 난다. 그리고 대학에 진학한 후에는 전공과 관련된 책을 주로 읽었으며, 교사가 된 후에는 '수불석권'이란 말처럼 학생들을 가르치기 위해 손에서 책을 떼지 않았다. 책만 보면 잠이 오고 머리가 아프다는 사람에 비해 얼마나 다행스럽고 감사한지 모른다.

10년 전쯤이었다. 나는 큰 결심을 하고 동아출판사에서 발행한 '세계대백과사전' 을 샀다. 그리고 거금 50만원이나 주고 산 책을 꽂아만 둔다는 것이 너무나 억울한 생각이 들어 1권부터 마지막 권까지 대략이라도 살펴보려고 읽기를 시작하였다. 그런데 8권쯤 읽으니 지루하여 도저히 읽을 수가 없었다. 할 수 없이 중단을 했다가 다시 결심을 하고 32권까지 읽고 나니 마치 히말라야 정상에 오른 등반가처럼 기분이 상쾌하였다. 독서의 즐거움을 그 때처럼 크게 느낀 적이 없다.

그러나 지금도 나의 서가에는 내용이 어려워 읽기를 중단한 책들이 많다. 사르트르의 〈존재와 무〉, 칸트의 〈순수이성비판〉, 토인비의 〈역사의 연구〉 도스토예프스키의 〈악령〉 등은 모두 읽다가 중단한 책들이다. 해마다 새해가 되면 금년에는 반드시 읽어야겠다고 결심을 하지만 바쁘다는 핑계로 한 달도 못가 잊어버리고 만다. 글자 그대로 작심삼일이 아닐 수 없다.

최근 모 일간지를 읽다가 한국 국민은 세계에서 가장 독서하기를 싫어하는 국민이라는 기사를 읽고 깜짝 놀란 적이 있다. '어떤 미친 기자가 이런 말도 안 되는 기사를 썼는가? 설마 과장된 표현이겠지.' 라고 부정을 하며 자세히 읽어보니, 외국의 어느 기관에서 세계 30개국을 대상으로 조사를 했는데, 세계 평균 독서시간이 주당 6.5 시간인데 비하여, 한국 국민은 3.1 시간 밖에 되지 않으니 절반도 되지 않는다는 것이다. 지금도 나는 이 내용을 믿고 싶지 않지만, 만약 사실이라면 정말 부끄럽고 심각한 일이 아닐 수 없다.

요즘 많은 사람들이 시간만 있으면 텔레비전 앞에 앉아 있거나, 하루 종일 인터넷에 매달려 시간을 보내기도 한다. 대형 서점이나 도서관에 가 보면 독서 인구가 크게 줄어든 것을 실감할 수 있다.

그러나 영상매체가 아무리 발달한다 하더라도 문자매체인 책과는 큰 차이가 있다. 즉 영상매체는 이해하기 쉽고 신속하게 정보를 전달하는 장점은 있지만, 오랫동안 기억되지 않는 결정적인 단점을 가지고 있다. 그러나 책은 읽기에 불편한 점은 있지만 문자라는 기호를 통해 구조화되어 저장되기 때문에 오랫동안 기억되고 사고력을 향상시키는 등, 지적인 측면에서는 비교가 되지 않는다.

책은 인류의 가장 우수한 지성인들의 두뇌를 축적한 저장고로 어둠을 밝히는 등불과 같다. 따라서 책을 읽으면 자신도 모르는 사이에 폭넓은 교양을 쌓기도 하고, 전문적 지식을 얻기도 하며, 고매한 인격을 갖추게 된다.

또한 책은 참으로 묘한 힘을 가지고 있다. 누구라도 책을 읽고 있으면 왠지 품위가 있어 보이고, 말로 표현할 수 없는 어떤 위압감을 느끼게 한다. 그리고 "책을 읽는 사람이 세계를 이끈다."는 말처럼, 링컨과 같은 위대한 지도자는 말할 것도 없고, 빌 게이츠 같은 사업가 역시 열렬한 독서가라고 하니, 이제 독서는 연구하는 학자들만의 전유물이 아니라, 모든 현대인들의 필수품이 된 셈이다.

수년 전에 국립 도서관에서 자료를 찾고 있는데, 한복을 곱게 차려입은 노신사 한 분이 내 앞에서 열심히 책을 읽고 있었다. 비록 백발이 성성한 노인이었지만 책을 읽는 모습을 보니 너무도 아름답고 고상하여 존경스런 마음이 저절로 났다. 나는 잠시 할 일을 잊고 그분을 바라보면서 나도 훗날 저분처럼 열심히 책을 읽으리라고 마음속으로 다짐한 적이 있다.

오늘도 바쁜 일정을 마치고 서점에 갔다. 빽빽하게 진열된 책들이 여기저기서 반갑게 인사를 하며 제발 자신을 읽어 달라고 아우성이다. 나는 주머니 사정을 생각해가며 신간 몇 권을 샀다. 그리고 흰 눈처럼 하얀 책장을 넘기며 정독할 것을 생각하니 혼자서 마음이 즐거웠다. 책은 나의 영원한 스승이요, 친구가 아닐 수 없다.

감나무 할아버지

도심의 좁은 뜰이지만 집 안에 감나무가 두 그루 있다. 한 그루는 십여 년 전 선친께서 사다 심은 나무였고, 또 한 그루는 오래 전에 감나무 할아버지로부터 얻어다 심은 나무였다.

심을 당시만 해도 모두 새끼손가락처럼 가늘고 작은 묘목이었는데, 지금은 짙은 나뭇잎 사이로 아이들 주먹만큼이나 크고 탐스러운 감이 주렁주렁 열려 금방이라도 가지가 부러질 것만 같다.

엊그제까지만 해도 왕관 모양을 한 작고 하얀 감꽃들이 나뭇잎 사이로 수줍은 듯 고개를 갸웃거리곤 했는데 벌써 빨갛게 홍시가 되어 익어 가고 있는 것을 보니 대견하다는 생각이 든다.

십여 년 전, 봄비가 가늘게 내리는 사월 어느 날이었다. 오후 수업이 끝나고 청소시간이 되어 밖으로 나가려고 하는데, 허름한 골덴 바지에 검정 고무신을 신은 노인 한 분이 교무실로 들어왔다.

노인은 교감선생님께 작은 목소리로 무언가 부탁을 하는 것 같았다. 교감선생님께서는 물건을 팔러 온 잡상인으로 알고 담당선생님을 가리키며 그 쪽으로 가보라고 하였다. 노인은 담당선생님께 감나무 묘목 천 주를 무상으로 기증하러 왔다고 하며 트럭에서 나무를 내려놓고 갔다.

노인이 떠난 뒤 학생들에게 감나무 묘목 한 그루씩을 나누어 주고 교무실로 왔더니, 그분에 대해 잘 알고 있는 선생님 한 분이 "그분은 정말 대단한 분"이라고 칭찬이 자자하였다.

이야기를 듣고 보니 시내에서 건재상을 하는 분이었는데, 이리역 폭발 사고 때 큰 돈을 벌어 약간 과장을 한다면 재산이 몇십 억은 넘을 것이라고 하였다. 그분의 초라한 모습을 보면 당장 끼니조차 어려운 사람으로 보였는데 몇십 억이라니 믿어지지가 않았다.

그 해 연말이 되어 학교에서는 그분에게 3학년 학생들을 위해 1시간 가량 특강을 해 달라고 부탁을 하였다. 노인께서는 몇 번이나 사양을 했지만 학교측의 간곡한 부탁을 거절하지 못하고 날짜를 정해 특별 강연을 하였다.

나는 그분이 무슨 이야기를 할까 궁금하기도 하고, 한편으로는 훌륭한 분이라는 생각도 들어서 학생들과 함께 교실 뒤에 앉아 강연을 경청하였다. 아니나 다를까 조용하고 낮은 목소리로 자신이 살아온 인생 이야기를 솔직하게 털어놓았다.

어린 시절 너무나 가난해서 허기 진 배를 움켜쥐고 며칠씩 굶었다는 이야기에서부터, 학교라는 곳은 아예 입학조차 해본 적이 없기 때문에 교복을 입은 학생들을 보면 그렇게 부러울 수가 없다며 눈물을 글썽거렸다.

그분은 저축을 하기 위해 지금까지 콜라 한 잔을 마셔본 적이 없다고 한다. 돈이란 버는 것도 중요하지만 쓰지 않고 열심히 저축을 해야 돈이 모아진다고 하였다. 이는 마치 비가 오는 날에 처마 밑에 양동이를 놓고 물을 받아 보면 한 방울씩 떨어지는 낙숫물이 어느 세월에 가득 찰까 걱정을 하지만, 하룻밤만 지나고 나면 물이 가득하고 철철 넘치게 된다는 것이었다.

얼핏 들으면 평범한 이야기 같지만 들으면 들을수록 이치에 맞고 한마디 한 마디가 귀에 쏙쏙 들어오는 말씀이었다.

약 100분 정도 이야기를 들었지만 모두 체험을 통한 이야기여서 들을수록 재미가 있었다.

강연을 마치자 학생들이 큰 소리로 박수를 쳤다. 바로 그때 노인께서는 갑자기 교탁을 들어 옆으로 치우더니 "여러분이 장차 이 나라를 위해 훌륭한 사람이 되라는 뜻으로 큰절을 올리겠습니다."라고 하며, 어린 학생들에게 엎드려 큰절을 하였다.

정말 경이로운 일이요, 숭고한 모습이 아닐 수 없었다. 지금까지 세상을 살면서 저렇게 겸손한 분은 처음 본다는 생각이 들자 나도 모르게 눈물이 나왔다.

며칠 후, 나는 그 때의 감격을 잊지 못하여 건재상을 하는 그분의 가게를 찾아갔다. 그리고 인사를 드린 후 집 안을 살펴보니 좁은 방 안에 오래 된 장농과 헤진 장판 등 검소하기보다는 매우 초라한 모습으로 살고 있었다. 남에게는 많은 자선을 하면서도 본인은 한없이 가난하게 살고 있었다.

노인께서는 시종일관 무릎을 꿇고 말씀을 하셨다. 나는 너무나 송구스럽고 미안하여 제발 편히 앉으시라고 말씀을 드렸지만 노인께서는 무릎을 꿇는 것이 가장 편한 자세이고 나이가 아무리 어리다 하여도 학교 선생님이신데 어떻게 편히 앉느냐고 하면서 한번도 다리를 펴지 않으셨다. 할 수 없이 나도 무릎을 꿇고 말씀을 드리지 않을 수 없었다.

나는 "선생님께서는 왜 하필이면 감나무를 기증하시는지요?"라고 조심스럽게 질문을 드렸다. 그분은 어린 시절 너무나 가난하고 먹을 것이 없어서 잘 익은 감 하나만 따 먹어도 그렇게 배가 부르고 감사할 수가 없었다고 한다. 그리하여 학생들에게 감나무 묘목을 나누어 주면 잘 길러서 훗날 배가 부르게 따먹을 것이라는 생각으로 몇 년 동안 묘목을 길러 기증을 하게 되었다고 한다.

한 해 한 해 나이가 들수록 그분의 모습이 소록소록 생각이 난다. 지금까지 세상을 살아오면서 학식이 많고, 지위가 높으며, 사람들로부터 존경을 받는 정치인, 교육자, 종교인 등 많은 사람을 만났지만 그분처럼 겸손하고 진실한 분은 본 적이 없다.

특별히 이름이 있는 분도 아니며, 그렇다고 학식이 많은 분도 아니지만 우리 주변에 최형진 할아버지처럼 훌륭한 분이 살고 계시다는 것만으로도 행복하다는 생각이 들었다.

권학문

학생들은 똑같은 교실에서, 똑같은 교과서를 가지고, 똑같은 선생님의 수업을 받으며 공부를 한다. 그런데 어떤 학생은 점수가 높고, 어떤 학생은 낮으며, 어떤 학생은 자발적으로 공부를 하는데, 어떤 학생은 강제로 시켜야만 공부를 한다.

동일한 학생이라도 어느 때는 스스로 공부를 하고, 어느 때는 마지못해서 공부를 한다. 성적이 떨어진 경우에도 어떤 학생은 분발을 하고, 어떤 학생은 포기를 한다.

세계적 학자인 와이너의 귀인이론에 의하면 학생들의 성적이 떨어지는 것은 일반적으로 네 가지 원인이 있다고 한다.

첫째는 타고난 능력에 따라 결과가 나타난다고 한다. 태어날 때부터 지능이 우수한 사람이 있고, 낮은 사람이 있으며, 특히 유전적으로 언어나 사회에 재능이 있는 학생이 있고, 수리나 과학에 재능이 있는 학생이 있으며, 예체능 분야에 탁월한 재능이 있는 학생이 있다고 한다.

둘째는 노력의 정도에 따라 성적이 나타난다고 한다.

〈공부가 가장 쉬웠어요〉의 저자인 장승수 씨는 초 · 중 · 고 12년 동안 한번도 1등을 못했고, 고등학교의 내신 성적 역시 5등급으로 매우 평범한 학생이었다.

그러나 가정이 어려워 가스 배달, 공사장 인부 등을 하며 힘든 일을 해보니까 대학에 진학해야겠다는 필요성을 절감하게 되어 열심히 노력한 결과, 5년만에 서울대학교 법과대학에 수석으로 합격을 하였고, 현재 변호사로 활동하고 있다.

셋째는 과제의 난이도에 원인이 있다고 한다. 초등학생에게 가감승제 문제를 내면 누구나 풀 수 있지만 아인슈타인의 '상대성이론'을 내면 풀 수 없다고 한다.

넷째는 운이 좋거나 나쁘기 때문이라고 한다. 객관식 문제는 컴퓨터로 채점을 하기 때문에 많은 문제를 출제할 수 있으나 주관식 문제는 채점이 어렵기 때문에 몇 문항만 출제하는 경우가 많다. 따라서 다행히 아는 문제가 나오면 자신있게 쓸 수 있지만 모르는 문제가 나오면 어쩔 수 없다고 생각한다.

이 외에도 학자에 따라 학습 분위기와 학습 습관, 교사의 지도 능력, 학부모의 열정, 시험제도 등에 성공과 실패의 원인이 있다고 생각한다.

학생들의 성적이 좋고 나쁜 것은 학습의 동기에 따라 결과가 나타난다. 학습의 동기動機는 인간행동의 에너지이고, 행동의 방향을 결정해주는 심리적 요인으로써 학생의 성적을 결정하는 가장 중요한 열쇠가 된다. 자동차로 비유하면 아무리 멋있게 만들어진 자동차라도 엔진에 고장이 있으면 달릴 수 없는 것과 같다.

학습의 동기 중에서 타고난 능력이나 과제의 곤란도나 운은 외부적 요인이기 때문에 통제할 수 없다고 생각한다. 그러나 노력은 본인의 의지에 따라 얼마든지 변화할 수 있다고 생각한다. 따라서 힘들고 지겨운 공부라 하더라도 열심히 노력을 하면 성적이 올라간다고 생각한다. 그러나 학생들 중에는 열심히 노력을 해도 소용이 없다고 생각하며, 무력감과 절망감, 수치심으로 공부를 포기하는 학생도 있다. 참으로 안타까운 일이 아닐 수 없다.

학교생활은 수업이 80% 이상을 차지하며, 수업은 학교생활의 꽃이요, 예술이라고 한다. 따라서 교사는 수업의 효과를 극대화시키기 위해 끝없는 연구와 열정으로 학생을 지도해야 하며, 특히 학습의 필요성을 깨닫게 하고, 새로운 학습 방법을 제시하여 학생들의 학력이 신장되도록 학습의 동기를 유발시켜야 한다.

사람은 누구나 무한한 잠재능력을 가지고 있다. 따라서 학습의 동기만 있으면 누구나 공부하기 마련이고, 열심히 노력한 만큼 성적은 오르기 마련이다.

동양에서 공부를 정말 많이 한 분은 송나라의 주희 선생이라고 생각한다. 그분은 모든 사람들이 어렵다고 하는 〈사서삼경〉을 설명한 주해서를 냈으니 대단한 실력이 아닐 수 없다.

주희선생은 후학들에게 학문을 권하면서 "인생은 유한하고 공부에는 때가 있으니 절대로 미루지 말라."고 강조하였다.

오늘 배울 것을 내일로 미루지 말고, (勿謂今日不學而有來日)

올해 배울 것을 내년으로 미루지 말라!(勿謂今年不學而有來年)

해와 달은 가고 세월은 나를 기다리지 않으니,(日月逝矣歲不我延)

오호, 늙어 후회한들 이것이 누구의 잘못인가?(嗚呼老矣是誰之愆)

소년은 늙기가 쉽고 학문은 이루기 어려우니,(少年易老學難成)

잠시라도 시간을 가볍게 여기지 말라! (一寸光陰不可輕)

연못가의 봄풀은 아직도 꿈에서 깨어나지 못했는데,(未覺池塘春草夢)

댓돌 앞의 오동나무 잎은 이미 가을 소리를 전하는구나!(階前梧葉已秋聲)

조선조 때의 가객인 김천택은 학문을 할 때 중도에서 포기하지 말라고 강조하였다. 아무리 머리가 좋은 사람도 중도에 포기하면 절대로 대성할 수 없음을 강조하였다.

잘 가노라 닫지 말며 못 가노라 쉬지 말라

부디 긋지 말고 촌음(寸陰)을 아껴 쓰라

가다가 중지 곧 하면 아니 간만 못하니라

흔히 "공부에는 왕도가 없다."고 한다. 그러나 전혀 방법이 없는 것은 아니다. 공부를 잘하려면, 첫째로 공부에 대한 두려움이 없어야 한다. 그런데 대부분의 학생들은 공부에 대한 공포증 때문에 공부를 못하는 경우가 많다. 즉 해보지도 않고 포기를 한다. "나는 어렸을 때부터 공부를 못했어. 해봐야 말짱 도루묵이야. 공부는 타고나야 해"라고 체념을 하고 공부를 멀리 하기 때문에 성적이 떨어질 수밖에 없다.

둘째는 주희 선생의 권학문에 잘 나타나 있는 것처럼 내일로 미루면 안 된다. 하기 싫다고 미루면 죽을 때까지 미루기만 한다. 공부를 하겠다고 결심을 했으면 반드시 실천을 해야 한다.

절에 가면 대부분 대웅전이 있고 대웅전에는 석가모니 불상이 모셔져 있다. 그런데 석가모니 불상 옆에는 일반적으로 문수보살과 보현보살이 협시불로 모셔져 있다. 그런데 왜 하필이면 문수보살과 보현보살인가? 문수보살은 지혜를 상징하고, 보현보살은 실천을 상징하기 때문이다.

많은 사람들이 공부를 잘하는 비결이 없느냐고 질문을 한다. 있다. 누구나 잘할 수 있는 비결이 있다. 답은 간단하다. '하면 된다.' 이다. 하면 된다는 말은 실천의 문제이다. 알고 있는 것을 얼마나 실천하느냐가 문제이다. 사람들은 누구나 답을 알고 있다. 그런데 힘이 들기 때문에 실천을 하지 않는다.

셋째는 수업 시간에 설명을 잘 들어야 한다. 설명이란 잘 모르는 내용을 쉽게 이해하도록 풀어서 말하는 것이다. 따라서 잘 모르는 내용도 선생님의 설명을 들으면 쉽게 이해할 수 있다.

넷째는 가정에서 예습과 복습을 철저히 해야 한다. 학교에서 설명을 들을 때는 대부분 이해를 한다. 그러나 어빙하우스의 망각 곡선에 잘 나와 있는 것처럼, 금방 읽은 내용도 한 시간만 지나면 50%는 망각을 한다. 따라서 반복하여 복습을 하지 않으면 대부분 잊어버리기 마련이다.

다섯째는 모르는 내용은 반드시 질문을 해야 한다. 부끄럽다고 생각하지 말고 서슴지 말고 질문을 해야 한다. 특히 요즘은 선생님들이 피피티 자료를 많이 사용하기 때문에 노트에 기록할 사이도 없이 진도를 나가는 경우가 많다.

여섯째는 교과서를 철저히 공부해야 한다. 학생들은 흔히 멍하니 앉아 공부할 것이 없다고 한다. 천만의 말씀이다. 공부할 것은 너무나 많다. 교과서만 해도 한두 권이 아니다.

일곱째 참고서를 폭넓게 읽어야 한다. 교과서는 기본적인 원리와 내용을 가르치도록 제작되었지만 교과서의 내용과 연관된 다른 내용을 폭넓게 알아야 한다.

여덟째는 문제집을 많이 풀어보아야 한다. 문제집은 교과서와 참고서를 바탕으로 실제로 시험에 나올 수 있는 예상문제를 모아 놓은 책이기 때문에 문제집을 많이 풀어봐야 문제의 유형을 익히게 되고 감각을 익히게 된다. 특히 고등학생은 EBS 방송 교재와 문제집을 많이 풀어보아야 한다.

아홉째는 일간지 신문을 읽고, 시사적인 내용과 일반상식을 알아야 한다. 흔히 사설을 읽어야 한다고 하지만 꼭 사설이 아니라 하더라도 신문을 읽으면 도움이 된다.

열 번째는 폭넓은 독서를 해야 한다. 일반적으로 학교에서 선정해주는 필독도서를 읽으면 좋다.

공부는 암기하고, 이해하고, 표현하는 능력과 사고력을 향상시켜 문제를 해결하는 능력을 신장시키는 것이 공부의 목적이 된다. 따라서 누구나 힘들고 하기 싫은 것도 사실이다.

그러나 우리 사회는 교육열이 높고 경쟁이 치열하기 때문에 하기 싫다고 적당히 포기할 수도 없다. 따라서 잘하면 잘하는 대로 못하면 못하는 대로 최선을 다할 수밖에 없다.

학교에서는 지필고사로 성적을 평가한다. 그러나 사회에 나오면 지필고사로 사람의 능력을 평가하는 것이 아니라 인간성과 대인관계, 근면과 성실 등으로 능력을 평가한다. 따라서 학교의 우등생이 꼭 사회의 우등생이 되는 것은 아니다.

흔히 공부가 인생의 전부가 아니라고 한다. 참으로 옳은 말이다. 공부는 인생의 일부분이지 전부가 아니다. 따라서 '같은 값이면 다홍치마' 라는 말처럼 공부를 잘해서 나쁠 것은 아니지만 공부를 못한다고 좌절하지 말고 공부를 못하는 사람은 자신이 잘하는 다른 능력을 계발하면 된다.

현대사회는 1등만 살아남는다고 한다. 틀린 말이다. 2등도 살아남고 3등도 살아남는다. 삼성전자만 살아남는 것이 아니라 현대도, 엘지도, 살아남는다.

공부에도 왕도가 있다. '하면 된다.' '시간이 걸리더라도 끝까지 포기하지 않고 열심히 노력하면 된다.'

배우며, 가르치며

나는 기억하기도 좋고 행운의 숫자인 1977년 7월 7일에 무주에 있는 안성중학교로 첫 발령을 받았다. 그런데 학교에 갔더니 학교 전화번호가 7번이요, 하숙집 전화번호가 77번이었다. 우연한 일이었지만 기분 좋은 첫출발이었다.

안성중학교는 마침 나와 사촌간이며 동갑나이인 소용섭 선생이 3월에 발령을 받아 근무를 하고 있었고, 대학 동창인 채재석 선생이 고등학교에 근무하고 있어 마치 잘 아는 학교에 발령이 난 것처럼 처음부터 낯설지가 않았다. 특히 채재석 선생님은 내가 곧 제대를 한다는 말을 듣고 교장선생님과 모든 선생님들께 나에 대하여 너무 과장되게 PR을 해서 선생님들마다. "소선생, 소선생"하며 대단한 사람이나 온 것처럼 반갑게 맞이해 주었다.

학교생활은 너무나 즐겁고 행복하였다. 최전방에서 날마다 고생을 하다가 수업을 하니 수업은 너무나 편하고 재미가 있었다. 그리고 중학교 학생들이고 산 좋고 물 맑은 산촌 학생들이라 그런지 너무나 착하고 공부도 열심히 하였다.

새 학년이 되어 3학년 수업과 담임을 맡게 되었고, 대학원에 진학하기 위해 틈틈이 전공과 영어, 한문을 공부하며 바쁘게 1년을 보냈다. 그리고 이듬해 고려대 일반 대학원에 합격이 되어 교육청에 휴직서를 내고 정든 학교를 떠나게 되었다. 불과 1년 반밖에 근무를 하지 않았지만 첫 부임지여서 그런지 지금도 기억이 생생하고, 학생들의 얼굴이 잊혀지지 않는다.

서울에 갔다. 숙소는 이모님 집에 하숙을 정하고, 학교는 선배님의 소개로 미아리에 있는 서라벌고등학교 2부에 근무하게 되었다. 그런데 낮에는 대학원에 가서 수업을 받아야 하고 밤에는 학생들을 가르치려니 보통 바쁜 게 아니었다. 특히 나이가 젊다고 가자마자 3학년 학생들을 가르치도록 하여 나름대로 열심히 준비를 하여 수업을 하였다. 그런데 야간학교 학생들이어서 가르치기에 힘들어 1학기를 마치고 학교를 그만두게 되었다. 그리고 2학기에는 대학원 공부만 전념하였다.

이듬해 주간학교인 재현고등학교에 마침 자리가 있어 1년간 근무하게 되었다. 재현고등학교는 상계동의 불암산 근처에 위치한 학교인데 역시 근무하기에는 너무나 좋은 학교였다. 특히 그 때는 광주 5.18 등 정치적으로 매우 불안한 시기여서 선생님들과 정치에 관한 이야기를 많이 나누었던 기억이 난다.

대학원 진학으로 인한 2년의 휴직기간이 끝났기 때문에 다시 공립학교로 발령을 받기 위해 도교육청에 갔다. 그러나 발령이 6개월 가량

늦어진다는 말을 듣고 기다리고 있는데, 마침 금마에 있는 익산고등학교에서 국어교사가 필요하다고 하여 임시로 근무를 하게 되었다. 그런데 한 달 후 계화중학교로 발령이 나서 공립학교를 포기하고 사립학교에서 정식으로 근무를 하게 되었다.

익산고등학교는 내 또래의 젊은 선생님들이 많아 근무하기가 좋았고 나이가 젊어 인기도 좋았다. 그런데 익산의 역사와 문화를 연구한다고 선생님들과 어울리다 보니 긴장이 해이되어 공부가 되지 않았다. 그리하여 고대 대학원은 수료로 만족을 하고, 다시 원광대 교육대학원에 들어가 '최서해 소설 연구'로 석사 학위를 따게 되었다.

익산고에서 근무할 때 '원불교 교사회'가 창립되면서 김대종 선생님의 추천으로 교립학교인 원광고등학교로 자리를 옮기게 되었다. 그리고 몇 년 후 연구부장을 맡아 일이 많다 보니 금방 12년의 세월이 흘렀고, 재단의 명에 따라 원광여고에서 근무를 하게 되었다. 그리고 다행스럽게도 교감이 되어 근무를 하다가 원광중, 원광여중 교장을 거쳐 다시 원광여고에서 근무를 하고 있다.

그동안 국어와 문학, 독서, 문법, 한문 등을 가르치면서 내 나름대로는 열과 성을 다하여 가르친다고 했으나 때로는 잘못 가르친 부분도 있고, 담임으로서 학급을 관리하기 위해 본의 아니게 학생들을 심하게 꾸짖고 체벌을 한 적도 있다. 이미 지난 일이지만 부끄럽고 후회가 된다.

돌이켜 보면 나는 초등학교부터 대학원까지 20년이 넘게 교육을 받았고, 30년이 넘게 학생들을 가르쳐왔다. 따라서 군대 기간을 빼고 약

50년 동안 학교를 떠난 적이 없다.

그렇다면 나는 무엇을 위하여 20년 동안 교육을 받았고, 30년이 넘게 학생들을 가르쳐왔는가? 그것은 교육을 통하여 인격적으로 훌륭한 사람이 되고, 실력을 연마하여 유능한 선생님이 되기 위해서 교육을 받았고, 바른 인성과 실력을 갖춘 진취적이고 창의적인 인재를 육성하여 새로운 문명사회를 이끌어 갈 수 있는 인재를 양성하기 위해 학생을 가르친 셈이다.

교육은 인간의 잠재능력을 계발하여 행동의 변화를 가져오도록 하고, 아는 것이 부족한 학생을 아는 것이 많은 학생으로, 감정이 메마른 학생을 감정이 풍부한 학생으로, 의지가 약한 학생을 의지가 강한 학생으로 변화시키는 것이 교육의 본질이다.

그리고 교육을 통하여 문화와 문명을 발전시키고 과학을 발전시켜, 개인과 국민을 행복하게 하고, 국가를 부강하게 하기 위해 교육을 실시한다.

오늘날 세계의 모든 국가들은 정치와 경제 다음으로 교육을 중요시한다. 우리나라만 보더라도 연간 약 40조원의 국가 예산과 학부모들이 부담하는 40조원의 교육비, 20조원의 사교육비 등 약 100조원 가량의 많은 돈이 교육에 투자되고 있다.

우리 한국인들은 세계적으로 가장 교육열이 높은 민족이다. 아무리 가난하고 당장 먹을 것이 없어도 이웃집에 가서 돈을 빌려서라도 학교에 보내는 것이 한국인의 교육열이다.

교육열은 학부모만 있는 것이 아니다. 배우는 학생들 역시 새벽부터

아, 나는 다음 날을 위하여 한 길은 남겨 두었습니다.
길은 길에 연하여 끝없으므로
내가 다시 돌아올 것을 의심하면서…

– 로베르트 프로스트, 가지 않은 길

밤늦게까지 쉬지 않고 공부를 한다. 한마디로 우리나라는 교육공화국이요, 공부공화국이며, 교육으로 성공한 나라이다.

우리나라는 일제 강점기와 6.25 전쟁으로 인하여 세계에서 가장 가난하고 희망이 없는 나라였다. 그러나 산업화와 공업화로 인해 경제적으로 부강해졌고, 민주화와 정보화의 발달로 2차 세계대전 이후 가장 성공한 나라 중의 하나가 되었다. 그리하여 모든 나라들이 "한국이 하는 일이라면 모두가 옳다. 한국을 배우자."라고 외치고 있다. 이 모두가 열심히 가르치고 열심히 배운 교육의 결과가 아닐 수 없다.

그러나 우리나라의 교육제도는 이러한 많은 성과에도 불구하고 공교육에 대한 불신과 지나친 사교육 열풍, 입시 위주의 교육과 인성교육의 부족, 교권의 추락 등 많은 문제를 안고 있다.

이미 까마득한 옛날이기는 하지만 내가 대학에 다닐 때만 해도 사범대학을 졸업한 사람은 졸업만 하면 모두가 발령이 났다. 따라서 그 때는 사범대학은 말할 것도 없고 교원 자격증을 가진 사람이 적어 심지어 자격증 없이 근무하는 선생님도 계셨다. 몇십 대 일의 치열한 임용고사 때문에 머리가 돌 것만 같은 현재의 대학생들에 비하면 하늘과 땅만큼 차이가 많다.

그동안의 교직생활을 생각해 보면 한마디로 너무나 행복했다는 생각이 든다. 교직은 사회적으로 크게 인정을 받거나 돈을 많이 버는 직업은 아니지만, 선생님이라면 학생들이나 학부모로부터 존경을 받고, 제자들을 가르치는 보람이 있으며, 평생을 책과 더불어 생활하기 때문에 다른 어떤 직업보다 좋은 직업이라고 생각한다.

선생님은 학생의 인격을 존중하고, 항상 근면 성실한 자세로 열과 성을 다하여 학생을 지도해야 한다. 그리고 인성교육과 학력신장, 생활지도, 진로지도, 진학지도, 상담, 독서지도 등을 통하여 진취적이고 창의적인 사고로 새로운 문명사회의 주역이 되도록 가르쳐야 한다.

선생님들은 누구나 최고의 지성인들이고, 최고의 교육 전문가들이다. 따라서 누가 어떻게 하라고 지시할 사람이 없다. 따라서 요즘 많이 쓰는 것처럼 자기주도적 태도로 스스로 연구해서 가르칠 수밖에 없다.

남은 기간 동안 모든 선생님들이 정말로 근무하고 싶고, 모든 학생들이 최고로 가고 싶은 학교, 행복한 교육공동체가 되도록 최선을 다하고 싶다.

책은 알고 있다

아침에 일어나면 습관적으로 신문을 읽는다. 그리고 학교에 가면 몇 가지 종류의 신문과 컴퓨터에 나오는 시사적인 내용을 읽는다. 그리고 퇴근을 하면 TV를 켜고 9시 뉴스를 시청한다.

그러나 신문이나 컴퓨터, 텔레비전은 아무리 읽고 또 읽어도 한계가 있다. 단편적인 정보는 되지만 전문적이고 체계적인 내용이 아니기 때문에 책을 봐야 그래도 뭔가를 읽은 것 같다.

책은 크게 두 가지를 강조한다. 첫째는 바르게 살도록 강조하고, 둘째는 착하게 살도록 강조한다. 따라서 책을 많이 본 사람은 책을 보지 않은 사람들에 비하여 바르게 살고, 착하게 살려고 노력한다.

사람은 누구나 일생 동안 많은 교육을 받는다. 학교에서는 바른 정신, 바른 생각으로 착하게 살고, 지혜롭게 살며, 행복하게 살도록 강조한다. 따라서 대부분의 사람들은 일생 동안 정직하고 착하게 산다. 그런데 불행하게도 마음이 바르지 못하고 악한 사람이 있어 사건과 사고가 그치지 않는다.

우리나라의 고전소설은 공통적으로 선을 권장하고 악을 징계하는 권선징악勸善懲惡으로 되어 있다. 그리고 주인공은 반드시 마음씨가 착하여 초년에는 고생을 하지만 말년에는 복을 받는 내용으로 되어 있다. 흥부전을 보면 마음이 착한 흥부는 복을 받아 잘 살지만, 마음이 악한 놀부는 벌을 받아 불행을 당하게 된다.

심청전 역시 심청은 아버지의 눈을 뜨게 하기 위하여 인당수 푸른 물에 몸을 날리지만 결국은 왕비가 되어 아버지의 눈을 뜨게 한다. 춘향전도 마음이 착한 이도령은 암행어사가 되어 탐관오리인 변학도를 징계한다.

권선징악은 고대소설만 강조하는 것이 아니다. 현대판 TV에 나오는 드라마 역시 결말은 권선징악으로 끝난다. 악을 권하고 선을 징계하는 작품은 없다.

권선징악은 우리나라만 강조하는 것이 아니라 서양에서도 강조한다. 백설공주나 신데렐라 이야기를 보면 착한 사람은 복을 받고 악한 사람은 벌을 받는다. 무협영화나 서부 영화 역시 모두가 권선징악으로 끝난다.

천일야화라 불리는 아라비안나이트 역시 권선징악을 강조하고 있다. 페르시아에 한 왕이 살고 있었다. 그런데 왕비가 간통을 하는 것을 보고 화가 난 왕은 아내를 사형에 처하고, 매일 처녀 한 사람씩을 선발하여 수청을 들게 하고 다음날 사형에 처하였다.

대신의 딸인 쉐헤라자드가 자청하여 왕을 찾았다. 그리고 여동생과 짜고 "마지막으로 언니의 이야기를 듣게 해달라."고 간청하였다. 왕은 자기도 이야기를 좋아하기 때문에 그렇게 하라고 하였다.

쉐헤라자드는 정말 재미있게 이야기를 시작하였다. 그런데 이야기가 절정에 올랐을 때 날이 밝았다. 왕은 남은 이야기를 듣고 싶어 할 수없이 사형을 하루 늦추었다. 그리고 다음 날도, 또 다음 날도 차마 죽이지 못하고 1001일 동안 이야기를 듣게 된다.

왕은 그동안 많은 이야기를 통하여 자신의 잘못을 깨닫고 지혜로운 대신의 딸을 왕비로 맞이하여 행복하게 산다.

책은 알고 있다. 인간은 반드시 착하게 살아야 하고 착한 사람은 반드시 복을 받는다고 강조한다. 반대로 악한 사람은 반드시 벌을 받는다고 강조한다. 혹은 예외가 있어 악한 사람이 잘 살고 복을 받는 경우도 있으나 그것은 일시적 현상일 뿐, 반드시 벌을 받는다고 한다.

나쁜 생각을 하고, 나쁜 일을 저지르는 사람은 남이 보지 않으면 벌을 받지 않을 수도 있다고 생각한다. 그러나 그것은 매우 어리석은 생각이다. 가는 곳마다 CCTV가 있고, 완전범죄란 없다.

그러나 죄를 저지르는 사람들은 CCTV가 고장이 나서 찍히지 않을 수도 있고, 경찰이 모를 수도 있다고 생각한다. 참으로 어리석은 생각이다.

최근에도 대학 교수가 내연의 처와 짜고 자기의 아내를 죽여 바닷속에 던진 사건이 있었다. 본인은 완전범죄를 했으니 아무도 모를 것이라고 생각을 했지만 천만의 말씀 만만의 말씀이다. 시체가 물 위에 떠올라 모든 범죄가 백일하에 드러났다. 대학 교수를 한다고 책을 읽기는 했으나 책의 본질이 무엇인지를 모르고 읽었기 때문에 인생을 망치고 패가망신을 한 것이다.

인생이란 착하게 살아야 하고, 착하게 살아야 한다는 진리를 믿어야 한다. 이 진리를 믿지 않는 사람은 절대로 행복할 수 없다.

책은 알고 있다. 인간이 어떻게 하면 행복하게 살고, 어떻게 하면 불행하게 되는가를 확실히 알고 있다.

그런데 아직도 사건과 사고가 그치지 않고, 악을 저지르는 사람이 많다. 책의 내용을 이해는 하면서도 실천을 하지 못하는 사람이 많기 때문이다.

국어선생님

나는 고등학교 시절에 국어를 매우 좋아하였다. 그리하여 국어교육과에 들어가게 되었고, 졸업 후 국어를 가르치게 되었다. 간혹 선생님들 중에는 가르치는 과목에 대하여 불만이 있는 선생님도 계시지만 나는 국어선생님이 된 것을 후회하지 않는다. 그리고 지금도 국어교사로 학생들을 가르친 것을 매우 자랑스럽게 생각한다.

국어는 만학의 근본이라고 하는 것처럼 모든 과목 중에서도 가장 기본이 되고 가장 중요한 과목이다. 우선 읽고 쓸 줄을 모르면 다른 과목을 할 수가 없기 때문이다.

국어선생님 하면 시나 소설을 가르치기 때문에 시나 소설을 직접 쓰는 것으로 착각을 한다. 나도 그렇게 생각을 하였다. 그런데 현장에서는 국어를 가르치는 것이지 창작을 가르치는 것은 아니며, 입시준비 때문에 문제집을 풀다보니 창작을 할 시간이 없고, 따라서 창작을 하는 국어선생님은 별로 없다.

학생들 중에는 국어 성적이 좋은 학생이 있는가 하면 다른 과목은 다 잘하는데 국어과목만 성적이 나쁘다는 학생도 있다. 따라서 학생들이나 학부모 중에 "어떻게 하면 국어성적을 올릴 수 있습니까?"라고 질문을 하는 사람이 많다.

국어 시험 문제지를 받으면 대부분 "다음 글을 읽고 물음에 답하시오."라고 되어 있다. 이 말은 '다음 책을 읽고 물음에 답하시오.' 라는 의미로, 국어 공부는 대부분 책을 읽고 이해하는 능력, 즉 독해 능력을 평가한다. 따라서 국어 공부를 잘하려면 우선적으로 독서를 많이 하여 풍부한 어휘력을 길러야 한다.

그런데 대부분의 학생들이 독서가 중요한 줄은 알면서도 실제로 실천하지 못하는 것은 우선 읽어야 할 책이 너무 많기 때문이다. 그리하여 어떤 책을 읽어야 할지 막연하고, 또한 책을 읽다 보면 시간이 많이 걸리기 때문에 시험을 앞둔 학생들의 경우 심리적으로 부담이 되는 것도 사실이다. 따라서 많은 학생들이 "우선 영어나 수학부터 공부를 하고, 국어는 한가할 때 하자' 라고 자꾸 뒤로 미루다 보니 독서를 하지 못하는 학생이 많다.

학생들이 반드시 읽어야 할 책은 국어교과서다. 국어 교과서는 우리나라 최고의 국어학자들이 가장 좋은 글이라고 평가되는 글만을 체계적으로 엄선해 놓았기 때문에, 이를 반복해서 읽으면 자기도 모르는 사이에 국어에 대한 지식과 글의 구조 등이 머릿속에 체계화 된다.

교과서 다음으로 읽어야 할 책은 참고서인 국어 자습서이다. 교과서에 수록된 글의 내용은 대부분 한자로 된 어휘가 많고 내용이 어렵기 때문에 자세히 풀어서 설명한 자습서가 필요하다.

교과서와 참고서 다음으로 읽어야 할 책은 문제집이다. 문제집은 교과서의 내용을 폭넓게 응용하여 예상문제를 제시해 놓았기 때문에 문제를 풀다 보면 자연히 문제의 유형을 익히기도 하고, 적응력이 생기기 때문에 반드시 예상되는 문제나 기출문제를 많이 풀어봐야 한다.

다음은 학교에서 선정해 준 필독 도서나 선생님이 권장하는 도서를 읽어야 한다. 필독 도서는 학교마다 나름대로 꼭 필요하다고 생각되는 책만을 골라 선정한 책이기 때문에 교과나 교양에 많은 도움이 된다.

이상에서 제시한 교과서, 자습서, 문제집, 필독 도서 외에도 매일 배달되는 일간지 신문을 읽어야 하고, EBS 교육방송을 시청하면 누구나 좋은 성적을 올릴 수 있다.

국어 선생님은 사실 매우 행복한 선생님들이라고 생각한다. 왜냐하면 첫째로 국어를 가르치려면 많은 독서를 해야 한다. 그런데 독서를 하면 인생에 대한 많은 지혜를 배우기도 하고 폭넓은 교양을 쌓기도 하며, 사고력이 신장되기 때문에 인생을 살아가는데 많은 도움이 된다. 그리고 둘째는 훌륭한 시나 소설을 쓰려면 정말 어렵고 힘든데 우리나라에서 최고로 글을 잘 쓴다는 분들의 작품을 감상하면서 이를 분석하여 설명하기 때문에 참 행복하다고 생각한다.

그런데 국어 선생님 중에는 과목의 특성상 과거의 전통과 문화를 좋아하고, 현대의 문명을 비판하는 분들이 많다. 그리고 규칙이나 억압을 싫어하고 자유분방한 성격의 선생님들이 많다. 따라서 교육제도나 사회를 비판하는 선생님들도 많다.

국어를 가르치다 보면 시나 소설 등 많은 문학 작품을 가르치게 된다. 그런데 대부분의 문학 작품이 일제 강점기의 저항시나 참여문학 등 비판적인 작품이 많기 때문에 나도 모르게 지나치게 현실을 비판하는 경우가 많다.

학교에 선생님들은 많지만 그 중에서도 특히 국어선생님은 학생을 잘 가르쳐야 한다고 생각한다. 국어라는 과목은 단순히 언어에 대한 지식과 이해, 표현뿐만 아니라 '인생이란 무엇인가?', '인간이란 무엇인가?' 그리고 '왜 인생을 살아야 하고, 어떻게 인생을 사는 것이 바람직한 일인가?' 등 학생들에게 건전한 가치관과 심오한 인생관, 사회관을 심어주고 사고력을 향상시켜 인생을 바르게 살아가도록 가르치는 과목이기 때문이다.

썸머힐

한 학생이 가출을 했는데 학생의 어머니가 오셔서 하는 말이 "용하다는 점쟁이한테 점을 쳤더니 동쪽으로 갔다고 해서 대전쪽으로 알아보고 오는 중이라"고 하여 입을 벌리고 놀란 적이 있다.

어떤 학부모 한 분이 아들이 공부를 못하여 점쟁이한테 점을 쳤더니 "국영수 중심으로 공부를 시키라."고 했다고 하여 크게 웃은 적이 있다.

과거에는 무당들이 서민들의 답답한 심정을 풀어주기도 하고, 상담을 해주는 카운슬러 역할을 하기도 하였다. 그러나 학생들의 생활지도나 진학지도는 현대적이고 과학적인 방법으로 지도를 해야지 무당한테 자문을 받는 시대는 지났다.

학생들 중에는 공부도 잘하고, 인사도 잘하며, 학교생활에 모범적인 학생이 있는가 하면, 반대로 공부도 못하고, 가출을 하는 등 문제가 있는 학생도 많다. 따라서 선생님들은 어떻게 하면 문제학생을 잘 지도할 것인가로 고민을 하게 되고, 많은 연구를 한다.

그런데 사실 문제 학생은 학생이 문제가 아니라 부모가 문제인 경우가 많다. 예를 들어 부모가 가정불화로 이혼을 하거나 경제적으로 어려우면 자녀도 자연히 학교생활에 흥미를 잃고 문제를 일으킬 수밖에 없다. 나는 개인적으로 학생들은 모두가 100% 착하다고 생각한다. 문제는 어른이다. 어른 때문에 학생들이 고민을 하고 가출을 한다.

문제 학생에 대하여 세계적으로 맨 처음 관심을 가진 분은 영국의 니일이라는 교장선생님이시다. 니일은 초등학교 교장인 아버지 밑에서 보조교사로 교직생활을 시작했다. 그리고 에든버러대학에서 영문학 석사학위를 받은 후 스코틀랜드의 지방 학교 교장으로 일하다 1921년 썸머힐의 전신인 헬레라우 국제학교를 설립했고, 그후 50년간 '썸머힐' 교장을 지냈다.

그는 평생 '방임의 선동가' '제멋대로 학교의 설립자' 라는 비아냥거림을 들으며 살았지만 기존교육의 틀을 끝까지 거부했다.

썸머힐Summer Hill은 1921년 처음 세워진 후 지구상에서 가장 독특한 자유 실험학교로 불리고 있다. "수업에 들어오거나 들어오지 않을 자유, 며칠, 몇 달, 몇 년이라도 놀 수 있는 자유, 모든 종류의 교화敎化로부터의 자유, 틀에 맞춘 성격 찍어내기로부터의 자유"등 썸머힐의 핵심은 학생들이 자유롭게 공부하고 자유롭게 학교를 다니는 것이다.

많은 사람들이 "아이들에게 완전한 자유를 주면 어떤 일이 벌어질까?" 라고 고민을 하지만 니일은 "자유는 세상의 어떤 특효약보다 아이들을 행복하게 만들어 준다."고 한다.

흔히 문제 학생들을 지도할 때는 사랑이나 열정, 훈화를 통하여 지도하고자 한다. 그러나 니일은 프로이드의 심리학을 이용하여 과학적인 방법으로 학생들을 지도해야 한다고 주장한다. 예를 들어 가출이나 심한 도벽을 가진 학생들이 학교생활을 싫어하는 것도 단순히 가정이나 사회의 불만 때문이 아니라 성에 대한 호기심 때문이라고 주장한다.

그동안 많은 학생들을 지도하면서 공부를 못한다고, 결석을 한다고, 친구들을 괴롭힌다고, 컨닝을 한다고 심하게 꾸짖기도 하고, 심한 경우에는 매를 들기도 했으며, 더 심한 경우에는 앞으로 나오라고 하여 뺨을 때린 적도 있다.

생각하면 생각할수록 부끄럽고 후회가 된다. 그 학생들이 공부를 못하고, 학교에 다니기를 싫어하는 것은 그만한 이유가 있고 곡절이 있기 때문이다.

그런데 나는 문제 학생을 지도할 때 충분한 상담이나 연구보다는 먼저 원망을 하고 언성을 높이며 꾸짖기부터 하였다. 그러니 꾸지람을 받은 학생은 반성을 하는 것이 아니라 나를 원망하며 더욱 학교를 싫어하게 되는 악순환을 겪었던 것이다.

요즘은 그렇지 않지만 과거에는 학생들을 심하게 꾸짖고 심하게 때리는 일이 많았다. '말죽거리 잔혹사' 라는 영화를 보고 그때의 장면이 떠올라 얼굴이 화끈했던 적이 있다.

모든 학교가 '썸머힐' 처럼 자유분방하게 학교를 운영할 수는 없다. 그러나 우리나라에도 '썸머힐' 처럼 특수한 학교가 반드시 필요하고, 현재 썸머힐 같은 대안학교가 많이 생겼다고 하니 너무나 고마운 일이 아닐 수 없다.

자연과 영혼의 결혼은 인간에게 지성과 풍요,
그리고 훌륭한 상상력을 가져다준다.

– 소로

도전 골든벨

일요일 오후, 가족들과 함께 TV를 켰다. 마침 '도전 골든벨'을 방영하고 있었다. 전국에 있는 많은 남녀 고등학생들이 들어보지도 못한 어려운 문제를 척척 맞히는 것을 보면 감탄사가 절로 나오고 쉬운 문제인데도 틀리는 것을 보면 안타까운 생각도 든다.

몇 년 전에 우리 학교에서도 도전 골든벨에 출연한 적이 있다. 우선 전국에 있는 많은 시청자들에게 50분 동안 학교를 소개할 수 있고 호기심 많은 고등학생들이 TV에 출연하는 것은 대단한 영광이기 때문이다.

그리하여 학교에서는 공부를 잘하는 학생을 뽑아 기출문제를 풀어보도록 지시하고 예상문제를 뽑아 나름대로 준비를 하였다. 그리고 학생들의 재치 있는 답변과 춤, 노래 등은 방송국에서 나온 PD가 학생들을 선발하여 일일이 고쳐주고 지도하여 출전을 하게 되었다.

그런데 골든벨 문제를 풀면서 떨어지는 학생들을 구제하는 패자부활전은 다섯 명의 선생님이 출전하여 오, 엑스 문제를 풀어야 하는데 대부분의 선생님들이 출전하기를 꺼려하였다.

패트병을 넘어뜨리거나 대줄넘기를 하는 경우에는 실수를 하더라도 별로 부끄러울 것이 없지만 학생들을 가르치는 교사가 문제를 못 풀면 실력 없는 선생이라는 오해를 받기 때문에 부담이 되지 않을 수 없었다. 그리하여 평소에 독서를 많이 하는 국어과 선생님이나 사회과 선생님이 나가는 것이 좋겠다고 생각되어 나도 자의반 타의반으로 출전을 하게 되었다.

드디어 문제를 푸는 날이 되었다. 원광대 문화체육관 실내에는 화려한 무대장치와 함께 100명의 학생들이 문제를 풀기 위해 앉아 있고, 관중석에는 전교생들과 많은 학부모들이 골든벨을 울리기만을 염원하며 힘찬 응원을 아끼지 않았다.

문제가 절반 정도 끝나자 많은 학생들이 떨어져 패자부활전을 하게 되었다. 나는 속으로 '설마 선생님들인데 조금은 힌트를 주겠지.' 라고 생각하며 아나운서에게 빨리 알려 달라고 하였다. 그랬더니 "이런 문제는 전 국민이 헷갈리는 문제니까 알아서 하세요."라는 답변과 함께 바로 문제를 풀게 하였다.

아나운서가 문제를 읽기 시작하자 장내는 물을 끼얹은 듯 조용해졌다. 그리고 출전한 선생님은 전교생의 시선이 집중된 가운데 석고상처럼 긴장이 되어 문제를 풀게 되었다. 그런데 다행히 앞에 있는 젊은 선생님들이 문제를 잘 맞혀서 많은 학생들이 부활을 하게 되었고, 장내는 흥분과 환호성으로 떠나갈 듯 소란하였다.

드디어 내 차례가 되었다. 나 역시 어떤 문제가 나올지 긴장이 되어 얼굴이 굳어지고 아무 생각도 나지 않았다. "달팽이는 이빨이 있습니까? 없습니까? 빨리 답하세요." 나는 처음 들어보는 문제였고, 또 달팽이는 이빨이 있는 것 같기도 하고, 없는 것 같기도 하여 쉽게 결정을 못하고 망설였다. 그랬더니 주위에 있는 선생님들이 있다고 싸인을 보내는 사람도 있고, 없다고 가위표를 그리는 사람도 있어 더욱 갈피를 잡을 수가 없었다.

그런데 잠시 후 아나운서가 "이 문제는 주위에서 답을 알려주었기 때문에 취소하고 다른 문제를 내겠습니다."라고 하였다. 그리고 "한국인으로서 처음으로 메이저 리그에 입단한 사람은 박찬호 선수이다. 맞습니까? 틀립니까?"라는 문제가 나왔다.

나는 자신있게 동그라미 표지판을 들었다. 그랬더니 정답이라는 환호성 소리와 함께 20명의 학생들이 부활을 하여 장내가 떠나갈 듯하였다. 하늘이 무너져도 솟아날 구멍이 있다더니 영웅이 되느냐? 망신을 당하느냐의 기로에서 아슬아슬하게도 운이 좋았던 것이다.

문제가 40번을 지나자 대부분의 학생들은 탈락이 되고 평소에 공부를 잘하는 학생 4명이 남았다. 그리고 그 중에서 한 학생이 자신있게 문제를 잘 맞추어서 48번까지 갔으나 불행하게도 박세당이라는 실학자의 이름을 틀려서 아쉽게도 49번에서 탈락되고 말았다.

요즘 TV를 보면 의외로 문제를 푸는 프로그램들이 많다. 시대적으로 고학력자가 많고 제작비가 적게 들며 시청자들이 좋아하기 때문이라고 한다. 그런데 대부분의 문제들은 사고력을 묻는 문제가 아니라 암기력을 묻는 문제이기 때문에 자신이 아는 문제가 나오면 자신있게 답을 맞출 수 있지만 모르는 문제가 나오면 대답할 방법이 없다.

도전 골든벨은 지금도 많은 학교들이 신청하여 대학 입학 등록금을 받기도 하고 해외 배낭 연수를 다녀올 기회를 얻기도 하지만 철저히 공부 잘하는 학생들의 잔치일 수밖에 없다. 그리고 50개의 문제 중에서 단 한 문제도 틀리지 않는다는 것은 대단한 실력이 아닐 수 없다.

공부는 사람의 운명을 좌우한다. 따라서 많은 사람들이 학교교육 외에도 비싼 사교육비를 들여가며 학원을 다니기도 한다.

그리하여 공부를 잘하는 학생은 학교 선생님과 부모님으로부터 많은 사랑을 받고 친구들로부터 부러움의 대상이 된다. 그러나 반대로 공부를 못하는 학생은 선생님들로부터 매를 맞거나 부모님으로부터 꾸지람을 듣기도 한다.

오늘도 50번 문제를 거뜬히 풀고 골든벨을 울리는 모습을 보니 정말 대단하다는 생각이 든다. 치열한 경쟁사회에서 도전 골든벨은 인생의 한 축소판이다.

스쿨어택

오후였다. 모르는 청년에게서 전화가 왔다. 한번 만나고 싶다고 한다. 무슨 일인가 궁금하여 밖으로 나갔더니 명함을 내밀며 인사를 한다.

"갑자기 뵙자고 해서 죄송합니다. 저는 MTV에 근무하고 있습니다. 저희 방송국에서 진행하는 스쿨어택이라는 프로그램이 있는데, 원광여고 학생들이 가장 많이 신청을 해서요."

사실 나는 MTV가 있는 줄도 몰랐고, 무슨 프로그램인지를 몰라서 미안한 표정을 지으며, 솔직히 스쿨어택이 무슨 내용이냐고 물었다.

설명을 들으니 요즘 고등학생들이 대학입시로 너무 시달리기 때문에 비밀리에 학교를 방문하여 무대를 설치한 후 학생들을 깜짝 놀라게 해주는 프로그램이라고 한다.

가수나 연예인이라면 깜빡 죽는 우리 학생들에게 최고로 인기가 높은 유명 가수가 나타나 노래를 부른다고 생각하니 기발한 아이디어라고 생각되었다. 그런데 조건은 모든 일은 비밀리에 진행이 되어야 하고, 만약 중간에 학생들이 알게 되면 바로 취소가 된다고 하였다.

그리하여 교장선생님께 말씀을 드렸더니 교감이 알아서 추진을 하라고 하여 일정을 맞추다 보니, 학교 일정과 유명 가수의 일정이 맞지 않아 어려움이 많았다.

그리고 마침 2학년 수학여행 때문에 도저히 맞출 수가 없어 다음으로 미루자고 했더니 "그러면 경비는 많이 예상되지만, 학생들을 위해 수학여행지인 제주도에서 공연을 하면 어떻겠습니까?"라고 제안을 하였다. 나는 그러면 더욱 좋은 일이라고 생각되어 그렇게 추진하기로 결정하였다.

그런데 신라시대의 한 복두장이가 "임금님 귀가 당나귀 귀처럼 크다."는 사실을 알고 도저히 견딜 수 없어 병이 났다는 말처럼, 나 역시 입이 간지러워 견딜 수가 없었다.

그리하여 1주일 후 아내에게 "내가 지금부터 하는 말은 비밀로 하기로 했으니까 당신만 알고 절대로 다른 사람에게 말하지 말라. 비밀이 새어 나가면 일이 완전히 수포로 돌아가게 된다. 자신 있느냐?"라고 다짐을 받은 후 그 때까지의 진행 과정을 설명하였다. 사실 학교에서 유명 가수를 초빙하는 일은 거의 불가능한 일이기 때문에 아내도 설명을 듣고 깜짝 놀라는 표정이었다.

드디어 한 달이 무사히 지나고, 5월 10일 학생들과 함께 제주도 수학여행을 떠나게 되었다. 10여 명의 인솔교사와 250여 명의 학생들이 전혀 눈치를 채지 못하고 즐겁게 수학여행을 즐기고 있는데, 나는 마음이 불안하기 짝이 없었다. 그리고 이리저리 핑계를 대며 처음에 계획한 코스를 바꾸다 보니 영문을 모르는 선생님들이 짜증을 냈다.

5월 12일, 드디어 공연이 하루 앞으로 다가왔다. 이제는 학생 지도를 위해 담임선생님들도 알아야 하기 때문에 절대로 비밀을 지켜달라고 부탁을 하며, 그동안에 있었던 내용을 설명하였다.

선생님들도 깜짝 놀라며 비밀을 지키기로 약속을 하였다. 그러나 만약 누군가 학생들에게 약간의 힌트라도 주게 주면 눈치가 빠른 학생들이 금방 알게 되고, 소문이 퍼지면 한 달 동안 추진한 모든 일들이 수포로 돌아가기 때문에 마음이 초조하였다. 그리고 한편으로는 일단 선생님들께 비밀을 털어놓고 나니 날아갈 듯 기분이 상쾌하였다.

드디어 5월 13일 오후 약속한 시간이 되었다. 점심 식사를 마친 학생들은 아무 눈치를 채지 못하고 한림공원으로 이동하여 차에서 내렸다. 나는 학생들에게 설명할 내용이 있으니 모이도록 하였다. 그리고 태연하게 설명을 하는 순간, 갑자기 사이렌 소리와 함께 '스쿨어택'이라고 쓴 플래카드가 내려왔다. 학생들은 무슨 일인가 어리둥절하다가 스쿨어택이라는 것을 알고 안내하는 사람의 뒤를 따라 있는 힘을 다하여 바닷가 쪽으로 달려갔다. 순식간의 일이었다.

나도 선생님들과 함께 바닷가로 갔다. 기대했던 대로 당시에 최고로 인기가 높았던 4인조 그룹 '버즈'가 이미 모든 준비를 마치고, 기타를 치며 신나게 노래를 부르고 있었다.

무대로 달려간 학생들은 고함을 지르며 난리가 났다. 버즈가 나타난다는 사실을 미리 알고 있었다면 재미가 없었겠지만 전혀 예상치 못한 일이기 때문에 충격이 컸던 것이다. 글자 그대로 갑자기 학교를 공격하여 학생들에게 엄청난 충격을 준 것이다.

한 시간이 넘게 즐거운 시간을 가진 학생들은 이번 수학여행 중 최고의 추억이라고 하면서 부모님과 친구들에게 문자를 날리고, 신나게 이야기를 나누며 수없이 "교감선생님 감사합니다."를 연발하였다.

그런데 수학여행을 마치고 학교에 왔더니 또 한번 난리가 났다. 스쿨어택을 보지 못한 1학년 학생들이 "우리가 신청을 했고, 2학년 언니들은 신청도 하지 않았는데, 왜 2학년 언니들에게 특혜를 주었느냐?"고 난리가 난 것이다.

1학년 학생들의 말을 들으니 모두 맞는 말이었다. 할 수 없이 학생들에게 그동안의 경위를 자세히 설명하고 공개적으로 미안하다고 사과를 하였다.

한때 숀 코네리 주연의 007 영화가 크게 유행한 적이 있다. 학생들에게 잠시나마 즐거움을 준 '스쿨어택'은 마치 007 작전처럼 즐거운 추억으로 남아있다.

스승

초등학교 6학년 때였다. 그 때는 지금처럼 평준화라는 제도가 없었기 때문에 일류 중학교에 진학하기 위해 밤늦게까지 야간 자율학습을 실시하였다. 요즘 초등학교 학생들이 들으면 깜짝 놀랄 일이지만, 그 때는 너무나 당연한 일이어서 누구도 이상하게 생각하지 않았다.

내가 다니던 왕궁초등학교는 우리 동네에서 4킬로 정도 떨어진 곳에 있어 밤늦게까지 자율학습을 하고 귀가하기에는 어려움이 많았다. 그리하여 1학기 때는 건전지를 넣은 손전등을 사서 환하게 비추고 집에 왔지만, 2학기 때는 차라리 하숙을 시키는 게 낫다고 해서 학교 옆에서 하숙을 하게 되었다. 부모님들의 뜨거운 교육열 때문이었다.

하숙을 하니 우선 먼 길을 걸어 다닐 필요가 없고, 시간이 절약 되고 피곤하지 않아 좋았다. 그리고 하숙집 밥이라서 그런지 밥이 꿀맛이었다. 더구나 당시 하숙집은 평범한 일반 가정이 아니라 두부 공장과 방

얏간을 겸하고 있었기 때문에 거의 매일 두부찌개가 나왔고 음식 솜씨가 좋아 너무나 맛이 좋았다.

하숙을 시작한 지 한 달쯤 지났다. 그러자 서서히 긴장이 풀리고, 부모님이 계시지 않으니 공부는 뒷전으로 밀리기 시작하였다.

그러던 어느 날이었다. 친구 하나가 학교 앞 가게에서 연필을 몇 자루 훔쳐왔다고 자랑을 하며, 사과도 훔쳐왔으니 같이 먹자고 하였다. 우리는 다른 친구들이 알지 못하도록 깜깜한 어둠 속에 몸을 감추고 사과를 씹었다. 사과는 아삭아삭 소리를 내며 설탕처럼 사르르 녹았다. 사서 먹는 사과가 아니라 훔친 사과였기 때문에 스릴이 있고 맛이 꿀맛이었다.

며칠이 지났다. 나는 사과를 훔쳐온 친구에게 빚을 갚아야겠다는 생각으로 나도 모르게 사과를 훔쳐야겠다는 무서운 결심을 하게 되었다.

다음 날 저녁 식사를 마친 후 주위가 어두워지기 시작하자, 내 깐에는 치밀하게 계획을 세우고 작전을 개시하였다. 처음에는 지나는 행인처럼 위장을 하고 두어 차례 가게 앞을 지나며 안을 들여다보았다. 그랬더니 '하늘은 스스로 돕는 자를 돕는다.' 는 말처럼 주인은 보이지도 않고, 손님도 없어서 아주 안성맞춤이라는 생각이 들었다.

나는 천재일우의 기회를 놓치면 안 된다는 절박한 심정으로 가지런히 진열돼 있는 사과 하나를 재빠르게 집어가지고 호주머니에 넣었다. 그런데 이때 "네 이놈 거기 서지 못해"하는 주인아저씨의 목소리가 들려왔다.

나는 순간적으로 '앗! 들켰구나. 뛰자' 하며 달아나려 했지만 발이 떨어지지 않았다. 주인아저씨는 몇 번 사과 도둑을 맞았는지 일부러 방안에 숨어 몰래 엿보고 있었던 것이다.

주인은 도둑을 잡았다는 승리감에 도취되어 가게 안으로 나를 끌고 가며, "이놈 자식, 너 잘 잡혔어. 담임선생한테 전화해서 아주 퇴학을 시켜 버릴 거야"라며 새까만 전화기를 드륵드륵 돌리며 신바람이 났다.

나는 포수에게 잡힌 토끼처럼 발발 떨며 어찌할 바를 몰랐다. 그리고 별의별 생각이 머리를 스쳐갔다. 공부 열심히 하라고 하숙을 시켜줬더니 하라는 공부는 안하고 사과를 훔치다 들켰으니 부모님께서 알면 얼마나 화가 날 것이며, 또한 담임선생님이 오시면 얼마나 꾸짖으실까 앞이 캄캄하였다.

아니나 다를까, 얼마 후 담임선생님께서 가게로 오셨다. 그리고 주인 아저씨와 뭐라고 이야기를 하는데, 다시는 나쁜 짓을 하지 않도록 잘 타이를 테니 용서해 달라고 하는 것 같았다.

나는 가게 주인으로부터 풀려나 담임선생님과 함께 어두운 밤길을 걸어 학교로 갔다. 나는 선생님의 얼굴조차 보이지 않는 캄캄한 어둠 속에서 한없이 떨며 울고 있었다.

그런데 한참을 가시더니 담임선생님께서는 뜻밖에도 손을 꼭 잡으며 "사과가 그렇게 먹고 싶으면 선생님께 사달라고 해야지." 그리고는 특별한 말씀이 없이 교실로 들어가 야간 수업을 계속하셨다.

나는 수업을 받으면서도 담임선생님께서 곧 여러 학생들 앞에서 나를 꾸짖으며 "너희들 절대로 가게에서 물건 훔치지 말라."고 훈계를 할 것이며, 나는 친구들 앞에서 온갖 창피를 당할 일을 생각하면 금방이라도 죽어버리고 싶은 생각뿐이었다.

그런데 선생님께서는 수업이 끝나고 종례를 할 때에도 나의 일에 대해서는 한 마디 말씀도 하지 않으셨다. 나는 속으로 이제나 혼이 날까 저제나 혼이 날까 하며 초조한 마음으로 매 맞을 각오를 하고 있었는데 담임 선생님께서는 그 일에 대해서 단 한 번도 말씀을 하지 않으셨다. 그리고 나는 아무 일 없이 초등학교를 졸업하였다.

대학을 마치고 사립학교인 익산고등학교에서 근무를 하게 되었다. 그런데 하필이면 초등학교 6학년 때의 담임선생님께서 교무부장을 하고 계셨다. 초등학교를 마치고 16년 만에 만난 셈이었다.

나는 너무나 반갑기도 하고 한편으로 부끄러운 생각이 들어 선생님께서 좋아하시는 약주를 대접하면서 "선생님 제가 6학년 때 사과를 훔치다가 주인한테 붙들려 혼이 난 적이 있었는데 혹시 기억나시는지요?"라고 용기를 내어 말씀을 드렸다. 그랬더니 선생님께서는 "언제, 그런 일이 있었던가? 재미있는 일이네"라고 말씀하시며 웃으셨다.

나는 "선생님께서 저를 크게 꾸짖지 않으시고 너그럽게 용서해 주셔서 항상 마음속으로 감사하게 생각하고 있었습니다. 진즉에 말씀을 드렸어야 하는데 죄송합니다."라고 진심으로 감사를 드리며 술을 따랐다.

교단에 선 지도 벌써 30년이 되었다. 그동안 나는 주로 남학교에 근무를 하면서 성적이 나쁘다는 이유로 학생들을 심하게 꾸짖고 심지어 화가 날 때에는 욕을 하고, 매질을 하기도 했다. 나이를 먹고 보니 참으로 부끄럽고 쥐구멍이라도 있으면 들어가고 싶은 심정이다.

학생들을 가르치다 보면 정말 속이 상하고 화가 날 때가 많다. 그러나 아무리 화가 나더라도 일단은 참고 사랑으로 지도해야 한다. 그러면 당장은 선생님의 고마움을 모를지라도 어른이 되면 반드시 잘못을 깨닫고 감사하게 생각하기 마련이다.

매년 스승의 날을 맞이할 때마다 김태기 선생님 생각이 난다. 그리고 "스승의 은혜는 하늘같아서 우러러 볼수록 높아만 지네. 참 되거라 바르거라 가르쳐 주신 스승은 마음의 어버이시다. 아, 아 고마워라 스승의 사랑 아, 아 보답하리 스승의 은혜."라는 노래 가사처럼 나도 훌륭한 선생님이 되어야겠다고 다짐을 한다.

행복은 어디에서 오는가

제자 중에 키가 매우 작은 난쟁이 학생이 있었다. 오랫동안 교직생활을 했지만 난쟁이 학생을 가르쳐 보기는 처음이었다. 나도 모르는 사이에 웃음이 나오고 무시하는 마음이 생겼다. '아니, 무슨 난쟁이 학생이 입학을 하다니.', '저렇게 키가 작은 학생이 어떻게 학교를 다니지?' 라고 안 되었다는 생각이 앞섰다.

그런데 수업을 하면서 유심히 관찰을 했더니, 학생은 성격이 명랑하고 친구들과도 잘 어울리며, 자신의 왜소함을 비관하지 않고 학교생활에 충실하였다.

작은 키에 머리가 커서 가분수처럼 보이기는 했지만, 학교생활에 전혀 문제가 되지 않았다. 심지어 작은 키에 운동을 좋아하여 친구들과 어울려 공을 차며 놀기도 하고, 재주넘기를 하는 것을 보면 무슨 서커스를 보는 것처럼 신기한 생각이 들었다.

1학기가 끝날 무렵이었다. 수행평가를 하기 위해 시를 한 편씩 써오라고 했더니 원고지가 아닌 노트 한 장을 찢어 몇 자 시를 써서 제출하였다. 그때만 해도 남학생들은 대부분 성적에 관심이 없기 때문에 대부분 혼이 나지 않으려고 무성의하게 제출하는 것이 보통이어서 '이 녀석 그러면 그렇지' 라는 생각으로 무심코 시를 읽어 보았더니 거창하게도 '행복' 이라는 제목의 시였다. '행복' 이란 제목이 너무 의외여서 찬찬히 읽어보니 나도 모르게 가슴이 뭉클하였다.

"나는 행복합니다.
부모님이 계시고,
친구들이 많아서 행복합니다.

부모님께서는
나를 가르쳐 주시고
친구들은 나를
잘 이해해 주고,
도와주기 때문에 행복합니다.

나는 행복합니다.
나는 행복합니다."

몇 번을 읽고 또 읽은 후, 일단 점수를 후하게 주었다. 그리고 조용히 학생을 불러 칭찬을 한 후, "그런데 너 참말로 행복하냐?"고 물었다. 학생은 얼굴을 붉히며 짧고 통통한 팔을 잡아당기며 어색한 표정이었다. 과제를 내라고 해서 억지로 냈을 뿐인데 칭찬을 받으니 쥐구멍에라도 들어가고 싶다는 눈치였다.

잠시 후 학생이 기어들어가는 목소리로 "저어, 가도 돼요?"라고 물었다. 나 역시 더 이상 질문을 하면 이상할 것 같아 "그래, 알았어."라고 대답을 했다. 학생은 도망치듯 교무실을 빠져나갔다.

세상은 종종 반어적이고 아이러니할 때가 있다. 그 학생은 신체적으로 불행하기 때문에 부모를 원망하고 세상을 원망하며 시도 '불행' 이라는 제목의 시를 써야 할 것 같은데, 뭐가 그렇게 행복한지 참으로 기특하고 고마운 일이 아닐 수 없다.

키가 작은 난쟁이를 보면 나도 모르게 무시하는 마음이 생기고 안됐다는 생각이 든다. 그러나 난쟁이 입장에서는 '어차피 이렇게 태어난 것을 원망하면 무엇 하느냐?' 또는 '조금 불편하긴 해도 살만하다.' 는 생각으로 행복하게 세상을 살아갈 수도 있다.

그것은 마치 돈이 많은 부자들이 가난한 사람을 매우 불행하다고 생각할 수 있지만, 가난한 사람들 입장에서는 '조금 불편해서 그렇지 살만하다.' 고 생각하며 행복하게 살아갈 수도 있고, 오히려 부자보다 더 행복하게 살아가는 사람도 많다.

얼마 전에 평소 1등을 하는 외고 3학년 여학생이 4등으로 성적이 떨어졌다고 아파트에서 자살을 했다고 한다.

문득 난쟁이 학생이 쓴 '행복' 이란 시가 생각이 났다. 난쟁이라는 것을 부끄러워하지 않고 부모님의 은혜와 고마운 친구들을 생각하며 명랑한 모습으로 살아가던 난쟁이 학생이야말로 참으로 행복한 학생이라는 생각이 든다.

행복과 불행은 누군가에게 전염이 된다고 했던가. 지금도 어딘가에서 행복한 마음으로 세상을 살아가고 있을 것을 생각하니 나 역시 행복하다는 생각이 든다.

가훈이 근면과 성실?

학생들이 교지에 싣기 위해 좌우명을 써달라고 한다. "근면 성실한 사람이 되자."라고 써주었다. 좌우명치고는 너무나 평범하고 재미가 없는 말이지만 나는 늘 사람은 일생 동안 근면, 성실, 정직을 좌우명으로 삼고 살아야 한다고 생각한다.

사람들은 자신은 별로 잘하지도 못하면서 꼭 남을 평가하기를 좋아한다. 그리하여 직장에서도 "그 사람 참으로 유능하고 근면 성실한 사람이야."라고 평가를 하기도 하고, "그 사람 아주 요령꾼이고 불성실한 사람이야."라고 평가를 하기도 한다.

그런데 사람은 누구나 '근면 성실한 사람' 이라고 평가를 받으면 기분이 좋다고 생각을 하지만 '나태하고 불성실한 사람' 이라고 평가를 받으면 기분 나쁘게 생각한다.

영국의 새무얼 스마일즈가 쓴 〈자조론自助論〉은 세계적으로 베스트셀러가 된 책인데 근면과 성실을 강조한 대표적 저서이다.

이 책은 어려운 가정에서 태어나 야학을 하며 공부하는 젊은이들을 격려하기 위해 100명이 넘는 위인들의 생애와 업적을 분석하였는데, 개인의 행복과 성공은 출신 배경보다 자기 자신을 위해 최선을 다하는 자조정신自助精神에 달려있다고 역설하고 있다.

사람은 누구나 성공하기를 바라고 성공한 사람을 부러워한다. 그런데 성공한 사람 중에는 돈이나 학식이 많은 부모를 만나 크게 성공한 사람도 있고, 반대로 가난한 부모를 만나 젊었을 때는 많은 고생을 했지만 열심히 노력하여 자수성가한 사람도 많다.

사람은 일생 동안 부모나 친척, 친구 등 누군가의 도움을 받으며 살아간다. 그런데 나를 돕는 가장 1차적인 조력자는 부모나 친구가 아니라 바로 나 자신이며, 내가 나를 위해 열심히 돕고 노력할 때 다른 사람도 나를 도와주는 것이라고 한다.

그런데 어떤 사람은 "행운의 여신은 눈이 멀었느냐? 왜 다른 사람은 잘도 도와주면서 나는 도와주지 않느냐? 혹시 눈이 멀지 않았느냐?"고 원망을 하는 사람이 있다. 그러나 행운의 여신은 눈이 먼 것이 아니라 근면 성실하게 노력하는 사람만 골라서 도와준다고 한다.

그런데 최근 우리 사회를 보면 근면 성실한 사람보다는 요령이 좋은 사람이 성공을 하는 사례도 많다. 따라서 세상을 살다보면 근면 성실보다는 요령이 있어야 하며, 꽁생원처럼 앞뒤가 막힌 사람은 성공하기 어렵다고 한다. 즉 실력은 없어도 대인 관계가 원만하고 비비기를 좋아하며, 적당히 뇌물도 바치는 사람이 좋은 평가를 받는 경우가 많다.

그러나 세상은 요령만으로 살기는 어렵다. 과거에는 세상이 어둡고

가을이 되어 바람이 불지 않아도
잎은 저절로 떨어지고
사람 없는 빈 산에 꽃은 붉게 피어 있다.

– 고문진보

사람들이 순박하여 적당히 남을 속이고 요령이 좋은 사람이 성공을 하기도 했지만, 현대는 세상이 밝아지고 모든 것이 투명하여 절대로 남을 속일 수 없는 사회가 되었다.

따라서 중국의 우공이산愚公移山에 나오는 노인처럼 처음부터 끝까지 근면하고 성실한 사람이 아니면 크게 성공하기 어렵다.

그동안 삼십 년이 넘게 교직생활을 하면서 많은 선생님들을 만났다. 그 중에는 교직에 온 것을 최고로 감사하게 생각하며 근면 성실하게 근무하는 선생님도 계셨고, 나태하고 불성실하게 근무하다가 중도에 그만둔 선생님도 계신다.

교직은 사회적으로 성직자 다음으로 존경을 받는 특수한 직업이다. 따라서 교육자는 반드시 근면 성실하고 정직해야 한다.

교직 생활을 하면서 근면하고 성실하게 근무하려고 노력을 했으나 부족한 점이 많고 후회되는 점이 많다. 남은 기간이라도 근면 성실하게 근무하고 싶다.

앉아 있기

대학교 때 여름방학과 겨울방학을 이용하여 공주에 있는 마곡사, 갑사, 천안에 있는 광덕사, 그리고 예산의 수덕사 등에서 1주일씩 수련을 한 적이 있다.

절에 들어가면 처음에는 대중공양을 하는 방법을 배우게 된다. 네 개의 바리때를 나란히 놓고, 밥과 국, 반찬을 받아 밥을 먹은 뒤 식사가 끝난 후에는 물을 받아 그릇을 씻는다. 그리고 찌꺼기가 남으면 그 자리에서 마시도록 한다. 처음에는 밥을 먹자마자 그 자리에서 그릇을 씻는 일이 왠지 이상하고 불결하게 느껴졌지만, 하루가 지나고 이틀이 지나자 당연한 일로 생각되었다.

수련을 하면서 가장 힘든 일은 좌선을 하는 일이다. 법당에 방석을 깔고 앉아 있으면 처음에는 그런대로 견딜 만하다. 그러나 30분쯤 지나면 다리가 아프고 허리도 아프며, 등에는 마치 개미가 기어 다니는 것처럼 근질근질하여 가만히 있을 수가 없다.

그러나 혼자 하는 것도 아니고 여러 사람이 함께 하는 훈련이기 때문에 억지로라도 참고 있으면 조금씩 불안한 마음이 사라지고 정신이 맑아지며, 알 수 없는 이상한 힘이 솟아남을 느끼게 된다.

하루의 생활은 서 있는 시간과 앉아 있는 시간, 그리고 누워서 잠자는 시간으로 나누어진다. 그런데 어느 때는 수업이 많아 하루 종일 서 있을 때도 있다. 그러면 다리가 아파 금방이라도 주저앉고 싶을 때가 있다. 그러나 막상 자리에 앉아 있으면 앉아 있기도 쉬운 일이 아니다.

석가모니 부처님께서는 보리수 나무 아래서 6년 동안 고행을 하여 깨달음을 얻었다고 한다. 그런데 말이 6년이지 보통 사람은 1시간도 견디기 힘들다. 따라서 법당에 부처님을 모시고 경배를 올리는 것은 너무나 당연한 일이라는 생각이 든다. 이는 부처님과 같은 위대한 분이 아니고는 감히 흉내조차 낼 수 없기 때문이다.

스님들이 하루 종일 아무 일도 하지 않고, 아무 말도 하지 않으며, 아무 생각도 없이 앉아 있으면 몸도 편하고 마음도 편할 것처럼 생각이 된다. 특별한 기술이 필요한 것도 아니고, 절차가 까다로운 것도 아니며, 어린아이나 학식이 없는 사람이라 하더라도 누구나 할 수 있는 쉬운 일처럼 보인다. 그러나 앉아 있는 것처럼 어려운 일이 없다.

좌선을 하면서 정말 문제가 되는 것은 육체적 고통도 고통이지만 정신적 고통을 이겨내기가 어렵다. 즉 한시도 쉬지 않고 떠오르는 잡념을 제거하기가 어려운 것이다.

사랑과 미움, 그리고 시비이해와 처자권속, 의식주 문제 등 헤아릴 수 없이 많은 근심과 걱정들이 첩첩이 쌓여 마치 기러기가 줄을 지어 나타나듯이 끊임없이 떠오른다. 잠시라도 그러한 욕망의 늪에서 빠져 나오려고 하면 어느새 또 다른 고통거리를 장만하여 꼼짝을 못한다.

인도는 아열대지방이기 때문에 사람들은 나무 밑이나 그늘에 앉아 휴식을 취하는 경우가 많다고 한다. 그리고 휴식을 취하다 보면 자연히 졸음이 오기 때문에 낮잠을 즐기는 사람이 많다. 그런데 밤이 되면 날씨도 선선하고 이미 낮에 실컷 잠을 잦기 때문에 아무리 잠을 청해도 잠이 오지 않아 날을 새는 경우가 많다고 한다.

그리고 밤에 잠을 설쳤기 때문에 다음날 다시 낮잠을 자게 되는 악순환을 거듭하면서 어떻게 하면 생각을 비우고, 생각을 멈출 수 있을까? 라는 고민을 갖게 되었다고 한다. 그리하여 발달하게 된 것이 바로 요가와 좌선이라고 한다.

교실에서 수업을 하다 보면, 의자에 앉아 설명을 듣는 학생들이 부러울 때가 많다. 그리하여 "하루 종일 편하게 앉아서 수업을 받으면서 왜 그렇게 참을성이 없느냐?"고 호통을 치는 경우가 많다.

그러나 입장을 바꾸어 놓고 생각하면 온 종일 의자에 앉아 수업을 받고 있는 학생들 또한 대단한 인내심이 없이는 견디기 어렵다.

근래 우리나라 사람들의 생활을 보면 정말 바쁘게 살아가고 있다는 생각이 든다. 본래부터 근면한 국민성을 가지고 있는데다 치열한 국제사회에서 경쟁을 하다 보니 더욱 바빠진 것 같다. 그러다 보니 자연히 차근차근 생각을 하며 생활을 하기 보다는 빨리빨리 일을 끝내야 한다는 조바심이 앞서게 되고 자연히 쫓기는 마음으로 세상을 살아가고 있다.

오늘 아침에도 아침 일찍 일어나 좌선을 하고 출근을 하려고 생각했으나 실천을 하지 못하고, 식사는 하는 둥 마는 둥 출근하기에 바빴다. 조용히 앉아 좌선을 하고 정신을 집중하기란 결코 쉬운 일이 아니다.

천도시비

사마천司馬遷은 중국 한나라 때의 역사가로 약 2100년 전에 살았던 인물이다. 사마천은 왕의 신임을 받았으나 흉노족과 싸우다가 항복한 이릉李陵 장군을 변호하다가 한무제의 미움을 받아 사형이나 다름없는 궁형宮刑을 당하게 되었다. 그는 바른 말을 하다가 형벌을 받게 된 것을 억울해 하며, 온갖 굴욕을 참고 있다가 다시 사관으로 복귀되어 불후의 명작인 〈사기史記〉를 남겼다.

〈사기〉는 총 130권의 방대한 역사서로 5부로 나뉘어져 있는데, 그 중에서도 특히 열전列傳은 70권의 분량으로 사기 전체의 반이 넘고, 〈사기〉 하면 '열전' 을 가리킬 정도로 유명하다.

열전列傳은 총 70명의 인물에 대한 평을 썼는데, 첫 번째 인물인 백이열전伯夷列傳편은 우리에게 시사하는 바가 크다.

백이와 숙제는 고죽군의 아들로서 형제인데 서로 왕위를 사양하고, 주나라의 수양산에 들어가 살았던 현인이었다. 그러나 그들은 너무나 가난하여 고사리를 캐먹으며 목숨을 부지하다가 결국 굶어 죽었고, 공자의 제자 중 훌륭하다고 하는 안회 역시 끼니를 잇지 못해 굶주리다가 죽었다. 반대로 도척은 무고한 인명을 죽이고 포악한 무리를 모아 온갖 악행을 저질렀지만 끝내 아무 벌도 받지 않고 장수를 누리고 살았다.

옛말에 이르기를 "하늘의 도리는 사私가 없으며, 언제나 착한 사람의 편이다."라고 하였는데, 착한 백이와 숙제, 안회는 굶어 죽었고, 악한 도척은 잘 먹고 잘 살았으니 천도시비天道是非 즉 '하늘은 옳은 것인가, 그른 것인가?' 참으로 알 수가 없는 일이라고 절규하였다.

사마천의 말대로 세상은 남에게 못할 짓을 하고도 종신토록 호강하며 살고 부귀가 자손에까지 이어지는 경우도 있고, 반대로 걸음 한 번을 내딛을 때도 땅을 가려서 밟고, 말 한 마디를 할 때도 가려서 말하고, 길을 갈 때도 지름길로 가지 않을 정도로 바르게 사는데 오히려 불행하게 살아가는 사람이 많다.

사람은 누구나 일생동안 많은 교육을 받는다. 학교에서는 바른 정신, 바른 생각으로 착하게 살고, 지혜롭게 살며, 행복하게 살도록 강조한다. 따라서 대부분의 사람들은 일생동안 정직하고 착하게 산다. 그런데 불행하게도 마음이 바르지 못하고 악한 사람이 있어 사건과 사고가 그치지 않는다.

인류는 종교, 철학, 윤리, 도덕 등을 통하여 착한 사람은 반드시 복을 받고, 악한 사람은 반드시 벌을 받는다고 강조하고 있다. 맞는 말이다. 그러나 백이와 숙제처럼 한없이 착하고 바르게 살았지만 불행하고, 남의 재산을 빼앗고, 힘없는 사람을 괴롭힌 사람이 행복하게 살기도 한다.

인생의 성공은 '착한 사람은 반드시 복을 받고, 악한 사람은 반드시 벌을 받는다.' 는 진리를 확고하게 믿고 실천하는 사람만 성공을 한다. 착한 사람이 손해를 보고 악한 사람이 잘사는 경우도 있으나 그것은 일시적 현상일 뿐이며, 결국은 벌을 받아 불행하게 된다.

따라서 '하늘은 있는가? 없는가?' 를 의심하거나, 누구는 나쁜 짓 하고도 잘 사니까 나도 나쁜 짓을 해야겠다고 생각하면 안 된다. '일생 동안 착하게 살아야겠다.' 고 결심만 해도 반은 성공한 셈이다.

세상은 평등하고 공정하며, 정의가 살아있어야 한다. 지위가 높다고 낮은 사람을 무시해서도 안 되고, 돈이 많다고 가난한 사람을 무시해서도 안 되며, 남녀차별, 학력차별, 지역차별이 없어야 한다.

그런데 현실은 평등한 것 같으면서도 차별이 있고, 공정한 것 같으면서도 공정하지 않은 경우가 많다. 국가 간에도 강대국이 있고 약소국이 있는 것처럼 직장이나 사회에서도 지위가 높은 사람이 있고 낮은 사람이 있다.

모든 강자는 영원히 강자가 되고, 모든 약자는 영원히 약자가 되는 것은 아니다. 강자가 약자가 되기도 하고, 약자가 강자가 되기도 한다. 따라서 강자는 약자를 보호하고 도와줌으로써 더욱 강자가 되고, 약자는 강자의 도움을 받아 강자가 되어야 한다. 강자와 약자가 서로 돕고 의지하는 상생의 관계라야 한다.

하늘은 반드시 착한 사람에게 복을 주고, 착한 사람에게 희망을 주어야 한다. 그리하여 하늘을 원망하거나 억울한 사람이 없는 사회가 되어야 한다.

그러나 지금까지 세상은 정의로운 사회, 착한 사람들의 사회가 아니라 강자가 지배하는 사회, 착한 사람이 손해 보는 사회인 경우가 많았다. 그리하여 아무 잘못도 없는 사람이 한 마디 말도 못하고 억울하게 피해를 본 사람이 많다.

과거에는 남녀의 차별, 적서의 차별, 반상의 차별, 직업의 차별이 심하였다. 그리하여 태어나면서부터 왕자나 공주로 태어나 만인의 존경을 받은 사람도 있고, 노예로 태어나 평생을 일만 하다 죽은 사람도 많다. 현대사회도 사마천이 절규했던 것처럼 착한 사람이 못살고 가난하며 억울하게 사는 사람이 많다. 그리고 반대로 악한 사람이 권력을 휘두르고 부자로 잘 사는 사람도 많다.

2100년이 지난 지금도 천도시비를 외치며 "정말로 하늘이 있는가? 없는가?"를 의심하는 사람이 많다. 참으로 안타까운 일이 아닐 수 없다.

싱가포르와 말레이시아

7월 27일 오전 9시, 즐거운 마음으로 인천 국제공항에 도착하였다. 모두 화려한 옷차림을 하고 삼삼오오 이야기꽃을 피우고 있었다. 오후 1시에 하재준 선생님과 점심을 나누었다. 몇 번이나 사양을 했지만 교장 연수를 축하해주시기 위해 일부러 나오신 것이다.

오후 2시가 되어, 싱가포르와 말레이시아로 연수를 떠나는 중등 교장단 선생님들을 만나 반갑게 인사를 나눈 뒤, 350여 명을 태운 대한항공은 드디어 큰 날개를 펴고 인천국제공항을 출발하여, 밤 10시쯤 싱가포르의 창이 국제공항에 도착하였다.

공항에 도착하니 열대지방이라 더운 열기가 확 밀려왔다. 우리 일행은 라사 센토사 호텔에 여장을 풀고 정원에 나갔다. 길게 늘어진 야자수와 열대나무, 그리고 시원한 풀장을 감상하며 조심스럽게 첫날밤을 맞이하였다.

7월 28일. 현지 가이드의 안내를 받으며 첫 일정을 시작하였다.

'사자의 도시'라는 의미의 싱가포르는 1965년 8월 9일에 말레이시아 연방으로부터 독립을 한 작은 나라로, 인구 420만에 서울시 정도의 넓이밖에 되지 않는 작은 나라이다.

그런데 동남아시아의 여러 나라 중 최고로 국민소득이 높고 잘사는 나라가 된 것은 30여 년간 청렴하게 나라를 이끈 이광요 수상의 탁월한 지도력 때문이라고 한다.

이광요 수상은 한국의 박정희 대통령과 마찬가지로 폐허의 국가를 최고의 국가로 만든 지도자로 지금도 많은 존경을 받고 있다고 한다. 나도 이광요 수상처럼 뛰어난 지도력을 발휘하여 학교를 크게 발전시켜야겠다는 생각이 들었다.

첫 코스는 도시의 모습을 축소하여 현재와 미래의 싱가포르를 한 눈에 볼 수 있도록 만들어 놓은 도시 재개발청에 들러 관람을 한 후, 2층 버스를 타고 시가지를 구경하였다. 길가에는 오래된 열대목들과 고층 빌딩이 즐비하였고, 도로는 마치 개인 정원처럼 잘 정돈되어 있었다.

가이드의 안내에 따라 머라이언 공원에 갔다. 사자 머리에 물고기 꼬리를 한 머라이언은 싱가포르의 상징으로, 쉴새없이 시원한 물줄기를 뿜고 있었다.

하루의 일과를 마치고 호텔로 돌아와 한인학교 교장의 설명을 들으니 싱가포르는 초등학교 때부터 입시 중심의 수월성 교육을 실시하고 있으며, 학교나 개인의 성적을 공개하여 성적이 나쁜 학생은 일찍부터 실업 교육을 받도록 하고, 성적이 우수한 학생은 국가가 학비를 전액 지원하여 인재를 양성한다고 한다. 그리고 싱가포르에서 가장 인기있

풍취를 얻음은 많음에 있는 것이 아니다.
쟁반만한 연못과 주먹만한 돌 사이에도
산수의 경치는 갖추어지는 것이다.
훌륭한 경치는 먼 데 있는 것이 아니다.
쑥대 우거진 창문과 초가집 아래에도 맑은 바람,
밝은 달은 스스로 한가한 법이다.

– 채근담

는 직업은 공무원이고, 금융계통의 경영학과가 인기가 좋다고 한다.

7월 29일에는 학생수가 1000여 명이나 되는 중고등학교를 방문하였다. 학교에 들어서니 9명의 한국인 학생들이 반갑게 인사를 하였다. 유학을 온 목적을 물었더니 한결같이 영어를 공부하기 위해 왔다고 한다. 싱가포르는 영어가 국가의 공용어이기 때문에 모든 수업은 영어로 이루어진다고 한다.

싱가포르는 국민소득이 높고 법과 규칙이 엄격하여 범죄가 없다고 한다. 그리고 도시 전체가 청결하여 살기 좋은 선진국가로 부러움을 받고 있으나, 각종 규제가 많고 엄격하여 국민들이 긴장된 속에서 생활할 수밖에 없다고 한다. 장점이 있는 반면에 단점도 있는 셈이다.

오후에 싱가포르를 떠나 말레이시아로 이동하였다. 그런데 두 나라의 국경은 말이 국경이지 다리 하나만 건너면 바로 말레이시아기 때문에 국경을 넘는다는 실감이 나지 않았다.

관광버스를 타고 6차선 도로를 달려 쿠알라룸푸르로 갔다. 길 옆에는 축축 늘어진 팜나무와 야자나무가 밀림처럼 우거져 몇 시간을 가도 끝이 없었다. 차안에서 가이드의 설명을 들으니 말레이시아는 석유와 주석, 고무 등 천연자원이 풍부하여 오백 년이 넘게 열강들의 침입을 받았다고 한다.

점심 후, 첫코스로 '오랑 아슬리' 라 불리는 원주민 마을을 방문하였다. 그런데 지금은 이곳 원주민들도 문명의 혜택을 받아 오토바이와 자동차를 이용하고 있었고 학교 교육을 받기 때문에 옛날의 모습은 전혀 찾아볼 수가 없었다. 차안에서 가이드의 설명을 들으니 원주민들은

'똥까달리' 라는 나무의 뿌리를 즐겨 먹는다고 하는데, 이 나무의 뿌리는 비아글라보다 열 배 이상 효능이 있다고 한다. 물건을 팔기 위해 포를 좀 쏜다고 생각되었다.

7월 30일에 "SMK TINGGI SETAPAK"라는 중 · 고등학교를 방문하였다. 학교에 들어서니 제복을 입은 학생들이 전통춤과 민속악기를 동원하여 우리 일행을 극진히 맞이해 주었고, 교장선생님께서 학교의 비전과 미션을 설명하며 학교의 우수한 점을 소개하였다. 교장선생님께서는 매우 열정이 넘치는 분으로 학교 발전을 위해 최선을 다하고 있다고 하는데, 교장을 비롯하여 모든 선생님들이 명찰을 차고 있는 것이 특이하였다. 말레이시아 국민들은 선천적으로 게으르다고 한다. 그러나 지금은 엄청나게 많은 국고를 지원하여 인재를 양성하기 때문에 앞으로 국가가 크게 발전하리라고 생각된다.

7월 31일에는 말레이시아 한인학교 교수로부터 교육현황에 대하여 소개를 받은 후 문화관광부 주최로 실시한 민속공연을 관람하였다. 민속공연은 젊은 남녀 무용수들이 춤과 악기를 동원하여 민속춤을 선보였는데 얼마나 연습을 많이 했는지 한 번도 실수를 하지 않고 아름답게 춤을 추어 많은 박수를 받았다.

다음은 우리나라 삼성물산과 일본인이 합작으로 만들었다는 88층의 쌍둥이 빌딩에 갔다. 페트로나스 트윈 타워는 452미터 높이의 빌딩인데 한국인의 뛰어난 기술과 정신력을 한눈에 보는 것 같아 가슴이 뭉클하고 자랑스러웠다.

8월 1일에는 역사의 도시인 말라카로 이동하였다. 말라카는 우리나라의 경주처럼 역사와 전통을 자랑하는 해안 도시로 오래된 전통가옥이 즐비하였다. 첫 코스로 청운궁이라는 절에 들렀는데, 중앙에는 관음보살이 모셔져 있고 옆에는 삼국지에 등장하는 관우를 모시고 있었다. 불교와 도교가 함께 섞인 절이라고 하는데, 말레이시아 사람들은 종교뿐 아니라 인종면에서도 혼혈인이라는 것을 부끄러워하지 않고 오히려 자랑스럽게 생각한다고 한다.

말라카를 떠나 세계 6대 성지의 하나로 불리는 힌두교 사원을 보기 위해 바투게이브로 갔다. 바위동굴이라는 뜻의 바투게이브 입구에는 엄청난 크기의 황금불상이 조용한 미소를 지으며 우리를 맞이해 주었다. 이곳 바위 동굴은 272개의 계단을 올라가야 관람을 할 수 있는데, 272계단은 인간이 평생 동안 짓는 죄의 수가 272개이기 때문이라고 한다. 말레이시아는 이슬람교가 국교로 되어 있기 때문에 힌두교인은 많지 않다고 한다.

마지막으로 관람을 한 곳은 '부뜨라자야'라 불리는 도시였는데 이 도시는 바띠르 수상의 계획하에 만들어진 신행정도시로 넓은 광장과 수없이 많은 건물들이 최고의 아름다움과 위용을 자랑하고 있었다. 그런데 아직 주민들이 입주하지 않아 거리가 한산하고 사람들이 많지 않았다. 부뜨라자야 관광을 마치고 공항으로 이동, 새벽 2시쯤 대한항공에 몸을 실으니 눈이 저절로 감기고 피로가 엄습하였다.

이번 연수는 내게 많은 것을 가르쳐 주었다. 우선 영어 회화를 못하기 때문에 불편한 점이 한두 가지가 아니었다. 국내에서는 영어가 중요하다는 것을 피상적으로만 느끼지만 막상 해외에 나가 보면 영어공부에 대한 필요성을 절감하게 된다.

또한 해외에 나오면 언어, 종교, 풍속, 의상, 식생활, 주택, 교육제도 등이 다르고, 심지어는 쉴 사이 없이 오가는 많은 자동차 역시 반대 차선으로 다니기 때문에 모든 것이 새롭고 다르다는 생각이 든다.

따라서 나의 지식이나 고정된 생각을 버리고 새로운 변화를 적극적으로 받아들이지 않으면 하루도 살 수 없는 것이 해외 여행이라는 생각이 든다. 정저지와井底之蛙라는 말처럼 우물 안 개구리가 되지 않기 위해서는 끝없이 배워야 한다는 생각이 든다.

이번 여행을 통하여 매우 신기하게 느낀 것 중의 하나는 싱가포르는 3군 사령부가 다른 나라에 있고, 말레이시아는 추첨을 통하여 군대에 간다고 한다. 분단국가인 우리나라와는 너무나 차이가 많고, 세상은 참으로 다양하다는 생각이 든다.

한국을 떠나 해외에 나오면 정말 세계는 넓고 하나에서 열까지 모두 배워야 한다는 것을 뼈저리게 느끼게 된다. 지금까지 해외여행을 많이 다녔고, 싱가포르와 말레이시아 역시 두 번째 왔기 때문에 신기하다는 생각은 들지 않았지만, 교육기관을 방문한 것은 이번이 처음이어서 배운 것이 많다.

특히 말레이시아는 한국을 최고의 국가, 가장 모방하고 싶은 나라로 생각한다고 하니 한국인이라는 것이 자랑스럽고 한국의 국력을 다시 한번 느낄 수 있는 연수였다.

보리피리

날씨가 화창하여 집에서 가까운 익산대학에 갔다. 어제 하루 종일 봄비가 내려 이파리마다 연한 녹색의 푸른 빛이 감돌고 있다.

익산대학은 원래 호남의 명문학교였던 이리농림학교가 있던 자리에 위치하고 있다. 따라서 80여 년의 역사와 전통을 자랑하듯 커다란 느티나무와 플라타너스, 낙우송 등이 무성하고, 곳곳에 목련과 산수유 등의 꽃들이 가득하다.

교정을 거닐며 이곳저곳에 세워진 기념비를 읽다 보니 '보리피리'가 새겨진 한하운 시인의 시비가 보인다. 문득 발길을 멈추고 몇 번이나 반복해서 시를 읽노라니 나도 모르게 가슴이 뭉클해진다. 몇 줄 안 되는 간결한 시인데 한하운 시인의 모든 삶이 담겨져 있다.

한하운 시인은 평안북도가 고향이다. 그런데 당시에 명문학교로 소문난 이리농림학교에 다니기 위해 이곳 익산까지 유학을 와서 학교를 다녔다. 그런데 불행하게도 나이가 든 후에 불치의 병인 나병에 걸려 많은 고통을 겪었으며, 자신의 처절한 고통과 인간에 대한 본능적 그리움을 시로 발표하여 많은 감동을 주었다.

나병은 살이 썩는 악성 피부병으로 지금은 한센병이라 부르지만 옛날에는 살이 문드러진다는 뜻으로 문둥병이라 불렀다. 그리고 나병은 전염이 되기도 하고, 유전이 되기도 하며, 어떤 약으로도 치료가 불가능한 불치의 병으로 알려져 왔다.

나의 고향에서 가까운 곳에 나환자들만 정착하여 사는 집단촌이 있다. 그런데 초등학교 때는 나환자와 접촉을 하면 바로 감염이 되고, 사람을 잡아먹는다는 흉흉한 소문이 돌아 나환자라면 무슨 식인종이나 되는 것처럼 무서워하였다. 지금 생각하면 참으로 어이없고, 근거 없는 말이지만 그때는 사실처럼 믿고 있었다.

한센병은 옛날에는 치료약이 없기 때문에 하늘이 내린 천벌이라고 불릴 정도로 무서운 병이었다. 그러나 지금은 얼마든지 치료가 가능하기 때문에 크게 두려워 할 병이 아니다.

특히 한센병은 질병으로 고통을 당하는 것도 억울한 일인데 2세에게 유전이 되고 전염이 된다고 하여 보통 사람들과 떨어져 살게 하였으니 육체적 고통과 가족에 대한 그리움으로 이중의 고통을 당하였다.

보리피리 불며 봄 언덕

고향 그리워 피-ㄹ 닐리리 (중략)

보리 피리 불며 방랑의 기산하

눈물의 언덕을 지나 피 - ㄹ 닐니리

한하운 시인의 '보리피리'를 읽으면 가족에 대한 그리움과 고향에 가고 싶은 그리움이 애절하게 들려오는 것 같다.

느티나무

밤 9시 30분. 갑자기 학교가 소란하다. 야간 자율학습과 종례를 마친 학생들이 우르르 학교를 빠져나가기 때문이다. 하루 종일 공부를 하느라 지친 모습이긴 하나, 그래도 집으로 간다는 해방감으로 삼삼오오 즐겁기만 하다.

우리나라에는 1,500여 개의 일반계 고등학교가 있다. 그런데 교육 여건이 좋은 소수의 학교를 제외하고 대부분의 학교들이 실력향상을 위해 야간 자율학습을 실시하고 있다.

그런데 말이 자율학습이지 반 강제적인 타율학습이 대부분이기 때문에 학습에 흥미가 없거나 자유분방한 학생의 경우에는 빨리 끝나기만을 기다리며 불만이 많다. 따라서 학생들은 단군신화에 나오는 웅녀처럼 야간 자율학습이라는 어두운 동굴 속에서 책과 노트를 씹으며 참고 기다려야 한다.

우리나라의 고등학생들은 정말 초인적으로 공부를 한다. 아침 8시부터 밤 10시까지 야간 자율학습을 하고, 그것도 모자라 일부 학교는 새벽 1시까지 심야 자율학습을 하는 학교도 있다고 한다. 미쳐도 단단히 미친 것이다.

그런데 야간 자율학습은 최근에 시작된 것은 아니다. 요즘 학생들은 평준화라는 입시제도 덕분에 초등학생과 중학생들의 경우에는 야간 자율학습을 실시하지 않지만, 내가 초등학교 6학년 때인 40여 년 전만 해도 일류 중학교에 진학하기 위해 학교마다 야간 자율학습을 실시하였다.

심지어 나의 경우에는 학교가 멀다는 이유로 몇몇 친구들과 하숙을 하며 야간 자율학습을 했으니, 그 때나 지금이나 학부모들의 극성은 여전한 셈이다.

그러면 우리나라의 고등학생들은 왜 이렇게 밤늦게까지 공부를 해야만 하고, 학교는 이를 강요해야 하는가? 인구 밀도는 높고 자원은 부족하기 때문인가? 아니면 취업 때문인가? 미국처럼 정규 수업만 받고 자기가 원하는 대로 취미생활도 하고, 소질 계발도 하며 자유롭게 놀 수는 없는가?

민주적 방식으로 교육을 실시해야 하느냐? 아니면 강제적으로라도 공부를 시켜서 일류대학에 진학을 시켜야 되느냐? 하는 문제는 학생의 성격과 환경에 따라 차이가 있기 때문에 반드시 어떤 제도가 옳다고 말하기는 어렵다. 따라서 국가에서도 이러한 문제점들을 해결하기 위해 많은 노력을 기울여왔으나 아직도 찬반의 주장은 팽팽한 힘겨루기를 계속하고 있다.

인류의 역사는 한마디로 교육의 역사라 해도 과언이 아닐 만큼 동서양을 막론하고 교육을 강조하지 않은 나라는 없다. 특히 서양의 경우에는 이미 기원전 4세기경에 플라톤에 의해 '아카데미아' 라는 학교가 설립되어 근대식 교육이 실시되었고, 플라톤은 〈국가國家〉 라는 저서를 통해 부강한 국가를 만들기 위해서는 반드시 교육을 실시해야 한다고 강조하였다.

그리하여 대부분의 국가들은 의무적으로 교육을 받도록 했고, 교육에 대한 투자를 아끼지 않았으며, 특히 재능이 우수한 영재들의 경우에는 온갖 특혜와 장학금으로 엘리트교육을 실시하였다.

그러나 이러한 획일적이고 강제적 교육은 공부를 하기 싫은 사람에게는 정말 불행한 일이 아닐 수 없다. 따라서 루소는 〈에밀〉이라는 저서를 통해 이렇게 강조하였다.

"인간은 교육을 받으면 받을수록 타락하게 되고, 자아를 상실하게 되며, 남을 지배하려 하고, 인간을 노예화 한다. 따라서 진정한 교육은 인간을 자연 그대로 두어야 한다."

루소의 이러한 주장은 매우 훌륭하고 타당한 비판이라고 생각한다. 그러나 이미 문명화된 생활 속에 살고 있는 우리 자녀들에게 교육을 포기하고 스스로 알아서 모든 문제를 해결하라고 주장하기에는 현실적으로 공허한 메아리가 아닐 수 없다.

그동안 학교는 급속한 사회의 발전에 따라 외형적으로 많은 변화를 가져왔다. 즉 교실마다 대형 프로젝션 TV와 컴퓨터가 설치되어 있고, 하루 종일 에어컨을 켜놓고 공부를 하기도 한다. 조개탄 난로로 추운 겨울을 보내던 시절에 비하면 상전벽해가 아닐 수 없다.

그러나 이렇게 좋은 환경과 시설 속에서도 일류학교 진학을 위해 몸부림치는 학교와 학생들의 현실은 전혀 개선되지 않고 있으며, 앞으로도 더욱 심하면 심했지 전혀 나아질 것 같지 않다.

"우리는 명문대 입학의 역사적 사명을 띠고 이 학교에 들어왔다. 선배의 빛난 입시 성적을 오늘에 되살려, 안으로는 이기주의적 자세를 확립하고 밖으로는 친구 타도에 이바지할 때다. 이에, 우리의 나아갈 바를 밝혀 입시의 지표로 삼는다.

영악한 마음과 빈약한 몸으로, 입시의 기술을 배우고 익히며, 타고난 저마다의 소질을 무시하고, 우리의 성적만을 행복의 기준으로 삼아, 찍기의 힘과 눈치의 정신을 기른다. 시기심과 배타성을 앞세우며 능률적 찍기 기술을 숭상하고, 경애와 신의에 뿌리박은 상부 상조의 전통을 완전히 타파하며, 메마르고 살벌한 경쟁 정신을 북돋운다.

나의 눈치와 이기주의를 바탕으로 성적이 향상되며, 남의 성공이 나의 파멸의 근본임을 깨달아, 견제와 시샘에 따르는 책임과 의무를 다하며, 스스로 남의 실패를 도와주고 봉사하는 왜곡된 학생 정신을 드높인다.

이기정신에 투철한 이기 전략이 우리의 삶의 길이며, 명문대 입학의 이상을 실현하는 기반이다. 길이 후배에게 물려줄 영광된 명문대 입학의 앞날을 내다보며, 신념과 긍지를 지닌 눈치 빠른 학생으로서, 남의 실패를 모아 줄기찬 배타주의로 명문대에 입학하자."

누가 지었는지는 알 수 없으나 우리의 교육 현실을 꼬집은 '우울한 고교 교육현장' 은 모든 교육자의 마음을 무겁게 한다.

우리 학교 교정에는 10여 그루의 커다란 느티나무가 운동장을 향하여 길게 늘어서 있다. 느티나무는 봄이 되면 어김없이 초록빛 새싹을 피우고, 여름이 되면 차츰 무성하여 짙은 녹음이 된다. 그리고 가을이 되면 노랗게 물든 단풍잎을 땅에게 되돌려 주고, 자신은 아무 것도 가지지 않은 앙상한 모습으로 추운 겨울을 보낸다.

바람이 세차게 불고, 가느다란 나뭇가지가 부러질 것처럼 심하게 흔들린다. 그러나 느티나무는 온갖 추위와 시련에도 아랑곳 하지 않고 꿋꿋한 모습으로 겨울을 보내고 봄이 되면 다시 새로운 잎을 피워 무성한 녹음을 자랑한다. 한 해가 가고 또 다음 해가 와도 변함없이 새잎을 피운다.

오늘도 느티나무는 우수수 불어오는 가을바람 소리를 들으며 성자처럼 묵묵히 교정을 지키고 있다.

그리고 낮은 목소리로 "사람이 일생을 살아가려면 알아야 할 것이 너무나 많다. 그런데 인간은 모르는 것이 너무나 많기 때문에 교육을 받지 않을 수 없으며, 책을 읽지 않으면 안 된다. 지금은 비록 힘들지만 인간은 많은 고통을 통해서 진리를 깨닫게 된다"고 학생들을 위로하는 듯하다.

제 2 장

나는 생각한다

–마음, 그 알 수 없음에 대하여

나는 생각한다 |

해인사의 팔만대장경은 8만 장이 넘는 경판에 무려 5천만 자가 넘는 많은 글자가 새겨져 있다. 그러나 이처럼 방대한 분량의 경전도 한 문장으로 요약을 하면 '일체유심조一切唯心造' 즉 '모든 것은 오직 마음이 짓는다.' 는 뜻이라고 한다. 마음이 얼마나 중요한지 상상만 해도 짐작이 된다.

그동안 교직생활을 하면서 학생들에게 "마음이 착해야 한다." "생각이 깊어야 한다." "정신을 차려야 한다."는 등의 말을 수없이 강조하였다. 그것은 육체도 중요하지만 육체를 이끌어가는 정신이나 마음, 생각이 중요하기 때문이다.

나이가 들면서 '마음공부' 가 중요하다는 생각이 들어 종교 관련 서적이나 심리학, 프로이드의 정신 분석학, 교육학 등의 책을 많이 읽고 있다. 읽으면 읽을수록 재미있고 신기하기만 하다.

학교에서는 학생들에게 사고력을 향상시키기 위해 엄청난 지식을 가르치고, 많은 독서를 강조한다. 학교 교육의 핵심은 사고력을 향상시키는 일이기 때문이다. 그리고 얼마나 사실적으로 생각하고, 추리 상상적으로 생각하며, 논리적, 비판적으로 생각하는가를 평가하기 위해 달마다 시험을 본다. 사고력은 새로운 문화와 문명을 창조하고, 과학을 발전시켜 인생을 행복하게 살아가도록 하기 때문이다.

그러나 종교에서는 많은 것을 아는 것이 중요한 것이 아니라 하나를 알아도 반드시 이를 실천하고, 바르게 살아야 한다고 강조한다. 아무리 지식이 많고 문화와 문명, 그리고 과학이 발전한다 하더라도 이를 사용하는 사람의 마음이 바르지 않고, 실천을 하지 않으면 아무 소용이 없다고 강조한다.

사람은 누구나 마음을 가지고 있다. 마음이 없는 사람은 없다. 그러나 마음은 눈으로 볼 수도 없고, 손으로 만질 수도 없기 때문에 설명하기가 어렵고, 설명을 해도 이해하기 어렵다. 그러나 사람들은 지금 이 순간에도 "마음이 즐겁다. 마음이 괴롭다. 마음이 답답하다. 마음이 시원하다. 마음이 착하다. 악하다. 마음이 좋다. 나쁘다."등의 말을 거침없이 사용하고 있다.

마음은 넓은 의미로 모든 정신 활동, 즉 생각知, 느낌情, 의지意를 하나로 묶어 마음이라고 한다. 예를 들어 "하늘은 왜 저렇게 높고 푸른가?"라고 생각한다면 지식 즉 생각이고, "가을바람이 불어오니 마음이 쓸쓸하다."고 한다면 느낌이며, "책을 읽어야겠다."라고 한다면 의지이다. 그러나 좁은 의미로는 "마음이 즐겁다. 마음이 괴롭다."등 인간의 희로애락애오욕의 감정을 마음이라고 한다.

마음은 시비이해, 대소유무, 선악귀천 등 온갖 것들이 뒤섞여 흰색인지 검은색인지 구별하기 어렵고, 카멜레온처럼 순식간에 변하기 때문에 그 실체를 파악하기 어렵다. 자기에게 이로우면 옳다고 하고, 해로우면 그르다고 주장을 하며, 웃다가 울다가 순식간에 변하는 것이 마음이다.

그렇다면 마음은 무엇 때문에 이렇게 심하게 변덕을 부리는 것인가? 그것은 주인인 몸 때문이다. 주인인 몸을 잘 섬기고 안전하게 보호하기 위해 시시각각으로 변하고 변덕을 부린다.

몸은 여러 가지가 모아져 있다고 해서 모으다, 모음, 몸이라 한다. 모음이나 마음은 의미상 같은 뜻이며, 동전의 양면처럼 하나이면서 둘이고, 둘이면서 하나이다. 따라서 몸이 즐거우면 마음도 즐겁고, 몸이 괴로우면 마음도 괴롭다.

모든 일은 마음이 짓는다고 한다. 그런데 마음이 짓는다고 하는 말도 알고 보면 생각이다. 따라서 마음의 실체는 생각이다.

사람은 누구나 생각을 한다. 길을 걸으면서도 생각을 하고, 말을 하면서도 생각을 하며, 글을 쓰면서도 생각을 한다. 로댕의 '생각하는 사람' 이나 '반가사유상' 의 부처님처럼 하루 종일 생각을 한다.

근대 철학의 아버지라 불리는 데카르트는 "나는 생각한다. 고로 존재한다."는 유명한 말을 남겼다. 이 말은 "나는 존재한다. 그러므로 생각한다."는 일반적 통념을 깨고 존재적 가치보다 생각이 더 중요하다고 강조하였다.

파스칼도 "인간은 생각하는 갈대다."는 명언을 남겼다. 인간은 갈대처럼 나약한 존재지만, 생각을 하기 때문에 위대한 존재라는 뜻이다. 그리고 생물학자인 린네는 인간을 '호모 사피엔스' 즉 생각하는 인간으로 분류하였다.

생각을 현대적이고 과학적인 방법으로 연구하고 분석한 사람은 정신과 의사였던 프로이드다. 프로이드는 정신을 분석하여 의식, 무의식, 전의식이 있다고 하였다. 열심히 책을 읽고, 어려운 수학 문제를 푸는 것은 의식이고, 잠을 자며 꿈을 꾸는 것은 무의식이며, 죄를 짓고 양심의 가책을 느끼는 것은 전의식 즉 슈퍼에고라 하였다.

프로이드는 사람의 정신 활동을 지배하는 것은 의식이 아니라 무의식이라고 생각하였다. 그리하여 의식은 망망대해에 떠 있는 섬처럼 작지만 무의식은 끝없이 넓은 바다처럼 커서 인간의 의식을 지배한다고 하였다. 그리고 잠을 잘 때 꿈으로 나타난다고 하였다.

생각은 판단하고, 분석하며, 종합하고, 추리하여 새로운 문화와 문명을 창조하고 과학을 발달시켜 인간을 이롭게 한다. 그러나 반대로 문화와 문명을 파괴하고 인간을 해롭게 하기도 한다.

젖소가 물을 마시면 우유를 만든다. 그러나 뱀이 물을 마시면 독을 만드는 것처럼, 생각이 바르고 착한 사람은 바른 생각을 통하여 인류사회에 유익함을 주지만 생각이 바르지 않은 사람은 인간의 소중한 재산과 생명을 빼앗고 문화와 문명을 파괴하는 희대의 악마가 되기도 한다.

따라서 생각이 바른 사람이 칼을 가지고 있으면 인간을 이롭게 하지만 생각이 바르지 않은 사람이 칼을 가지고 있으면 무서운 살인자가 된다. 칼은 선악의 의지가 없지만 사람이 사용하기에 따라 선한 칼이 되기도 하고, 인간을 해롭게 하는 악한 칼이 되기도 한다.

생각은 선하기도 하고, 악하기도 한 양면성을 가지고 있다. 따라서 인간은 태어날 때부터 이러한 모순된 현상 때문에 많은 사람들이 일생 동안 방황을 하고, 갈등을 한다. 지킬 박사와 하이드 씨처럼 두 개의 얼굴을 가지고 있기 때문에 고민을 한다.

생각은 마치 한 어머니로부터 많은 자녀가 생기는 것처럼, 한번 떠오른 생각은 꼬리에 꼬리를 물고 이어지고 확대된다. 사랑하는 사람을 만나면 한번이라도 더 만나기 위해 별의별 생각을 하고, 미워하는 사람을 만나면 미워하기 위해 별의별 생각을 한다.

사람은 마음이 괴로울 때 생각하기조차 싫다고 한다. 그리하여 생각을 멈추거나, 비우며, 돌려야 한다고 생각한다. 그러나 생각은 쉽게 멈출 수도 없고, 비울 수도 없으며, 돌려지지 않는다. 생각을 멈추고, 생각을 비워야 한다고 생각하는 것도 생각이기 때문이다.

스님들은 생각을 멈추고 생각을 비우기 위해 엄청난 노력을 한다. 원숭이를 잡으려면 일단 원숭이들을 한 자리로 모이도록 하여 일시에 사로잡는 것처럼, 생각을 한 자리로 모아 없애려 한다.

생각은 고정된 실체가 없다. 그리하여 잡으면 있고, 놓으면 없다. 배가 고픈 사람은 밥을 먹을 때까지 밥을 생각한다. 그러나 밥을 먹고 난 후에는 밥에 대한 생각은 흔적도 없이 사라진다. 공기가 없으면 공기를 생각하지만, 공기가 있을 때에는 공기를 생각하지 않는다.

생각은 크게 보면 바른眞 생각, 좋은善 생각, 아름다운美 생각, 지혜로운聖 생각이 있다.

바른 생각은 바른 생각을 낳고, 좋은 생각은 좋은 생각을 낳는다. 아름다운 생각은 아름다운 생각을 낳고, 지혜로운 생각은 지혜로운 생각을 낳는다. 그리하여 바른 생각을 하면 바른 사람이 되고, 좋은 생각을 하면 좋은 사람이 되며, 아름다운 생각을 하면 아름다운 사람이 되고, 지혜로운 생각을 하면 지혜로운 사람이 된다.

반대로 그른 생각은 그른 생각을 낳고, 나쁜 생각은 나쁜 생각을 낳는다. 추한 생각은 추한 생각을 낳고, 어리석은 생각은 어리석은 생각을 낳는다. 그리하여 그른 생각을 하면 그른 사람이 되고, 나쁜 생각을 하면 나쁜 사람이 되며, 추한 생각을 하면 추한 사람이 되고, 어리석은 생각을 하면 어리석은 사람이 된다.

바른 생각은 사실적으로 생각하고, 추리 상상을 하며, 비판적, 논리적으로 생각한다. 그러나 인간은 생각을 잘못하여 많은 오류를 범하기도 한다. 범죄를 저지르는 사람은 대부분 아무도 모를 것이라고 추리하고 상상한다. 그러나 그것은 천만의 말씀이다. 세상에 비밀이란 것은 없고 생각 한번 잘못하여 사형을 당하기도 하고, 패가망신을 하는 사람이 많다. 생각 때문이다.

사람은 생각으로 사물을 보고, 생각으로 소리를 들으며, 생각으로 냄새를 맡고, 생각으로 맛을 안다. 그러므로 사랑하는 사람과 밥을 먹으면 거칠고 험한 음식이라도 맛이 있지만, 미워하는 사람과 밥을 먹으면 산해진미도 맛이 없다.

반야심경에 '조견오온개공照見五蘊皆空 도일체고액渡一切苦厄' 이라는

자연은 결코 우리를 속이지 않는다.
우리를 속이는 것은 언제나 우리 자신이다.

– 루소

말이 있다. 눈으로 보고, 상상하고, 행동하고, 안다는 것은 모두가 나의 생각이기 때문에 나의 생각인 색수상행식色受想行識이 다 공空하다는 사실을 깨달으면 일체의 고통에서 벗어난다고 한다.

그런데 인간은 '나라고 하는 생각' '분별심과 주착심' 때문에 스스로 백팔 개의 고통을 만들어 괴로워한다. "내가 너보다 아는 것이 많다." "내가 너보다 부자다." "내가 너보다 지위가 높다." "내가 너보다 예쁘다."는 잘못된 생각 때문에 한없이 많은 고통을 받는다.

사람은 일생 동안 부분과 전체를 혼동하며 산다. 즉 내가 안다고 하는 것은 극히 적은 일부에 지나지 않는다. 그러나 전체를 다 아는 것처럼 착각을 하고 산다. 국문학을 가르치는 교수는 국문학만 잘 안다. 영문학과 수학, 과학, 예술, 정치, 경제까지 다 아는 것은 아니다.

그런데 아는 것이 많은 지식인일수록 자기가 전체를 다 잘 아는 것 같은 착각에 빠져 스스로 고통을 창조하고 괴로워한다. 중국 사람이 시켜서도 아니고 미국 사람이 시켜서도 아니며, 스스로 고통을 만들어 고통을 받는다.

사람의 생각은 춘하추동, 생로병사처럼, 생주이멸生住異滅로 돌고 돈다. 예를 들어 남녀가 만나면 사랑을 한다. 그리고 일정한 시간 동안 사랑을 유지하다가 생각이 바뀌기 시작한다. 그리고 처음 생각은 어디론가 사라진다.

미워하는 사람도 마찬가지다. 처음에는 죽이고 싶도록 미워하지만 일정한 시간이 지나면 '미워하면 뭐해. 나만 괴롭지.' 라고 생각하며 미운 생각이 사라진다.

오늘도 하루 종일 생각을 한다. 마치 공장에서 물건을 만드는 것처럼 바른 생각을 생산하기도 하고, 좋은 생각을 생산하기도 하며, 아름다운 생각을 생산하기도 한다. 그런데 반대로 그른 생각을 생산하기도 하고, 나쁜 생각을 생산하기도 하며, 추한 생각을 생산하기도 한다.

제품을 생산하다 보면 제품이 떨어질 때도 있다. 그러면 다시 신제품을 개발하여 생산을 한다. 물건이 떨어질만 하면 또 다른 신제품을 만들어 끝없이 원망하고 불평하며 살아가는 사람이 많다.

나는 생각한다. 나와 가족을 생각하고, 친구와 이웃을 생각한다. 국가와 민족을 생각하고 인류를 생각한다. 학생과 학교와 교육을 생각하고, 문학과 역사와 철학을 생각한다. 종교와 도덕과 윤리를 생각하고, 자연과 우주를 생각한다. 머리가 아플 정도로 생각하고, 머리가 터질 정도로 생각을 한다. 이렇게 많은 생각을 하면서도 머리가 터지지 않는 것은 기적이고 불가사의한 일이다.

나는 생각한다. 생각하기 때문에 존재하고, 존재하기 때문에 생각한다. 생각하기 때문에 감사하고, 생각하기 때문에 원망하며, 생각하기 때문에 기뻐하고, 생각하기 때문에 슬퍼한다.

세상에 생각이 아닌 것은 없다. 예쁘다고 하는 것도 생각이고, 밉다고 하는 것도 생각이며, 좋다는 것도 생각이고, 나쁘다는 것도 생각이다. 아니, 내가 살아있다고 하는 것도 생각이고, 죽는다고 하는 것도 생각이다.

바른 생각, 좋은 생각, 아름다운 생각, 지혜로운 생각은 나의 위대한 스승이요, 은인이며, 고마운 친구이다.

그러나 그른 생각, 나쁜 생각, 추한 생각, 어리석은 생각은 나를 파멸로 이끄는 금수만도 못한 악마요, 나쁜 친구이다.

좋은 스승과 은인, 그리고 좋은 친구를 만나면 일생 동안 많은 도움을 받고 행복하지만, 나쁜 사람과 나쁜 친구를 만나면 일생 동안 재산을 뺏기고 생명을 잃는 것처럼 생각은 인간을 행복하게 하기도 하고, 불행하게 하기도 한다.

생각은 인생을 행복하게 살아가도록 하는 행복의 열쇠가 될 수도 있고, 인생을 불행하게 살아가도록 하는 불행의 열쇠가 될 수도 있다. 따라서 항상 바른 생각, 좋은 생각, 아름다운 생각, 지혜로운 생각을 가지고 인생을 행복하게 살아가도록 힘써야 한다.

닮은꼴 인생

오랜만에 초등학교 동창회가 있어 친구들을 만났다. 어린 시절의 귀공자같던 모습은 사라지고, 허름한 시골집의 빛바랜 벽지처럼 희끗희끗 나이가 들어 보였다. 친구들의 눈엔 나 역시 그런 충충한 모습으로 보였으리라.

그런데 나이가 들고 보니 겉모습만 그렇게 변해 가는 것이 아니라, 생각하고, 말하고, 행동하는 것도 똑같이 닮아가고 있다는 생각이 든다. 적어도 이십 대의 팔팔한 나이에는 '누가 뭐래도 나는 달라.' 하면서, 제법 청청한 대나무처럼 때 묻지 않은 모습으로 살아갈 줄 알았는데, 그런 패기와 순수는 어디론지 숨어버리고, 평범한 소시민으로 닮은꼴이 되어 가고 있는 것이다.

나만은 나도밤나무가 아닌 진짜 밤나무로 착각을 하며 살아왔는데, 쌍둥이 형제처럼 똑같은 모습으로 변해가고 있다. '그래, 살다보니 어쩔 수 없어, 내가 무슨 대단한 존재라고.' 하면서 솔직하게 시인할 수 있는 용기조차 잃어버린 채, 하루하루 어정쩡하게 살아가고 있는 내 자신에 대해 심한 자괴감마저 든다.

지난 월요일이었다. 출근 시간에 쫓겨 서둘러 차를 몰고 있는데 마침 신호등이 바뀌어 잠시 멈추게 되었다. 그런데 횡단보도를 바라보니 고등학교 때 은사님이셨던 K선생님께서 자전거를 타고 바삐 지나가고 계셨다.

선생님께서는 중학교 교장선생님인데 자전거를 타고 출근하는 모습을 보니 나도 모르게 웃음이 나왔다. 요즘같이 차가 흔한 시대에 자전거로 출근을 한다는 것이 왠지 초라해 보이고, 시대에 뒤떨어진 것 같은 생각이 들었기 때문이다.

그러나 선생님께서는 시내에 큰 건물을 가지고 있을 만큼 경제적으로 여유가 있는 분으로 차 한 대를 구입할 돈이 없어서 자전거를 타고 다니는 것은 아니었다. 우선 자전거가 출퇴근에 편리하고, 근검 절약의 차원에서 고집스럽게 자전거를 애용하고 있는 것 같았다.

체면이나 남의 시선에 구애받지 않고 신념 있게 살아가는 선생님의 용기는 결코 비난받을 일이 아님에도 불구하고, 무슨 신기한 광경이나 본 것처럼 웃음이 나왔던 것이다.

돌이켜 보면, 불과 몇 년 전까지만 해도 나 역시 자전거를 타고 출퇴근을 하였다. 그리고 기름 한 방울 안 나오는 가난한 나라에서 너도나도 자가용을 타고 다니는 것은 사치요 낭비라고 생각을 하며, 왜 자가용을 사지 않느냐고 은근히 부추기는 선생님을 원망하였다.

그런데 나이가 들고 자가용을 살만큼 여유가 생기고 보니 나 역시 슬그머니 자가용을 사게 되었고, '개구리 올챙이 때 생각 못한다.'는 말처럼 '자가용 한 대도 없이' 라고 생각을 하며 깔보는 마음까지 생긴 것이다.

컴퓨터가 처음 나왔을 때도 그랬다. 겨우 워드 하나 사용하려면서 무엇 때문에 값비싼 컴퓨터를 구입하며, 펜으로 쓰면 될 것을 더 복잡하게 한다고 원망하였다. 그러나 지금은 나 역시 컴퓨터의 자판을 두드리며, '지금이 어느 시대인데 컴퓨터도 못 치느냐? 컴맹은 면해야 할 것이 아니냐?' 고 역설을 한다.

휴대폰 역시 마찬가지다. 가는 곳마다 전화 부스가 있고, 가정이나 사무실이나 전화가 즐비한데 사업가도 아니면서 쓸데없이 낭비를 한다고 심히 못마땅하게 생각하던 나였다.

그러나 언제부턴가 휴대폰 하나 없는 내 자신이 왠지 초라하게 생각이 되고, '그래 큰 돈도 아닌데 뭘' 하면서 용기를 내어 구입을 하였다. 그리고 요즘은 아예 한 술 더 떠서 '휴대폰 하나 없이 어떻게 생활하는지 모르겠다.' 며, 마치 시대에 뒤떨어진 이방인 취급을 하고 있다.

문학 시간에 채만식의 〈태평천하〉를 가르치다 보면, 주인공 윤직원 영감의 시대착오적인 친일적 행동에 대해 나도 모르게 분개를 하며, 심하게 그를 비판한 적이 있다. 그리고 학생들에게 현실에 대한 비판정신과 역사적 안목을 가져야 한다고 강조하였다.

그러나 현실에 대한 비판정신과 역사적 안목이 부족한 것은 나 역시 마찬가지였다. 내가 대학을 다니던 70년대나 대학원을 다니던 80년대 초기에 우리나라는 군사 독재라는 비극적 시대를 맞이하여 많은 대학생들이 화염병을 들고 시위를 하며 민주화를 외치고 있었다.

그러나 나는 '학생들이 하라는 공부는 하지 않고 왜 사회를 불안하게 하는가?' 라고 생각을 하며 오히려 그들을 원망하였다. 심지어 시위가 장기화되고 격렬해지면, '분단국가인 우리나라의 처지에서 강력히 학생들을 단속해야 한다.' 고 생각하였다. 시위의 현장에서 돌 한 번 던져 보지 못한 내가 역사의식 운운하며 윤직원 영감을 비판하고 있으니, 정말 부끄러운 일이 아닐 수 없다.

그런데 어디 이런 일들이 한두 가지인가? 술에 취하여 실수하는 사람을 보고 지각없이 술을 마신다고 원망하지만, 나 또한 과음을 하여 실수한 적이 한두 번이 아니며, 요즘 학생들이 너무나 책을 읽지 않는다고 꾸짖지만, 나 역시 독서를 게을리 하고 있다.

지금 이 순간에도 나는 밍크 코트를 입고 다니는 여자들을 내심 경멸하고 있다. 그리고 그런 비싼 옷을 사 입을 돈이 있으면 고아원이나 양로당을 방문하여 좋은 일을 해야 한다고 생각하고 있다. 그러나 내가 부유해서 밍크 코트를 사 입을 수 있는 입장이 되었을 때에도 자신 있게 그런 말을 할 수 있으며, 초지일관하는 자세로 세상을 살아갈 자신이 있는가?

세상에 남을 비판하고 원망하기처럼 쉬운 일은 없다. 그러나 막상 내 자신을 돌아보면 나 역시 많은 비난 속에서 살고 있다는 생각이 든다. 다만 앞에서 나를 비난하지 아니하고, 들리지 않는 곳에서 소근거리기 때문에, 나는 아무 잘못도 없는 것처럼 착각하고 있다.

'너희 중에 죄가 없는 자가 돌로 치라' 는 예수의 지혜스런 판단이나, '오십 보 달아난 병사가 백 보 달아난 병사를 비웃는다.' 는 고사는 남을 비판하기 좋아하는 사람들을 비판하는 적절한 지적이 아닐 수 없다. 내가 외도를 하면 로맨스요, 남이 하면 스캔들이라는 말처럼, 남의 잘못에 대해서는 매우 비판적이지만 나의 행위에 대해서는 한없이 너그럽고 이해심 많은 것이 우리들의 모습이라는 생각이 든다.

강물이 흐르고, 계절이 바뀌는 것처럼, 한 해 한 해 나이를 먹고 있다. 세상에 나이처럼 무서운 것이 또 있을까. 아무리 천하장사요, 재산이 많은 사람이라 하더라도 나이 앞에는 당해낼 재간이 없다. 숲 속으로 달아나거나, 바위 뒤에 숨는다 하더라도 나이는 피할 수 없다.

나 역시 나이가 들고, 많은 것이 변하고 있다. 눈도 흐려지고, 목소리도 힘이 없으며, 발걸음도 자꾸만 느려지고 있다. 남들만 나이를 먹고, 늙는 줄 알았는데 나도 나이를 먹으며 늙고 있다. 나만은 땅 속에 묻힌 보석처럼, 그 빛깔이 변하지 않을 줄 알았는데, 나 역시 무수한 다른 나뭇잎처럼 똑같이 퇴색되어 가고 있는 것이다.

그렇다. 나라고 특별한 사람이 아니며, 세상에 특별한 사람은 없다. 배 고프면 남을 원망하고, 배 부르면 미인을 생각하며, 술 한 잔 마시면 큰 소리를 치다가도 다음날 술이 깨면 다시는 술을 마시지 않겠다고 후회를 하는 그런 모습으로 하루하루를 살아가고 있다. 생각하는 것도, 얼굴도, 행동도 모두가 닮아가고 있다.

서당도書堂圖

화투는 지금부터 약 천여 년 전에 포르투갈에서 건너온 '카르타'라는 놀이를 변형시켜 일본인들이 만들었다고 한다. 그런데 우리 한국인들이 이를 즐기는 것은 특별히 여가를 즐길만한 놀이가 없고, 서양의 카드에 비해 손에 맞도록 작게 만들어져 있으며, 또한 달마다 가장 특징이 있는 동양화 그림을 그려 놓았기 때문에 남녀노소가 거부감 없이 즐기고 있다고 한다.

나 역시 초등학교 때 이미 화투를 배워 친구들과 민화투를 치기도 했고, 숫자가 많을 때는 뽕을 치기도 했으며, 지금도 가끔 고스톱을 치고 있으니 오십 년을 친구처럼 가깝게 지내고 있는 셈이다.

그런데 화투에는 일본인들의 무서운 국민성이 잘 나타나 있다. 12월을 나타내는 비광을 보면 어떤 노인 한 분이 우산을 받고 서 있는데 그 노인은 지금으로부터 약 천여 년 전에 실존했던 오노도우小野道風라는 사람이라고 한다.

오노도우는 젊었을 때 열심히 과거 시험 준비를 했다고 한다. 그런데 불행히도 번번이 낙방을 하여 할 수 없이 모든 것을 포기하고 시골집에 내려와 하루하루를 소일하는데 마침 비가 내려 우산을 받고 연못을 거닐게 되었다. 그런데 마침 연못 속에 있는 개구리 한 마리가 버드나무 잎을 따먹으려고 몇 차례를 뛰어 오르다가 결국은 목적을 이루고 달아나는 것을 보고 크게 깨달은 바가 있었다. 그리하여 자신도 절대로 포기하지 말아야겠다는 것을 깨닫고 열심히 공부하여 유명한 학자가 되었고, 서예가가 되었다고 한다.

일본인의 정신을 가리켜 흔히 사무라이 정신이라고 한다. 무를 숭배한다는 뜻이다. 그런데 나는 일본인의 국민성을 칠전팔기의 정신이라고 달리 표현하고 싶다. 즉 일곱 번 쓰러져도 여덟 번째 다시 일어나는 무서운 정신, 그것이 바로 일본인들의 정신이요 근성이라고 생각한다.

임진왜란과 일제 36년, 그리고 2차 세계대전을 일으켜 수없이 많은 사람의 목숨을 빼앗아간 그 잔인무도한 정신의 뿌리가 바로 칠전팔기의 정신이요, 화투에 그려진 오노도우의 정신인 것이다.

그러니까 일본인들은 여가를 즐기기 위해 화투를 치면서도 오노도우의 칠전팔기의 정신을 되새기며 절대로 쓰러지지 말아야 한다고 다짐을 하고 있다.

그런데 유감스럽게도 우리 한국인들은 비광에 나오는 인물이 어떤 사람인지, 그리고 왜 개구리가 그려져 있는가에 대하여 관심이 없고, 그 뜻을 아는 사람도 별로 없는 것 같다.

나는 비광에 나오는 오노도우를 볼 때마다, 그러면 우리 한국인들의 정신은 무엇일까? 라고 반성해 본다. 그리고 만약 내가 화투를 새로 만든다면 비광 대신 누구를 넣을까 생각해 본다.

우리 한국인들이 가장 존경하는 세종대왕, 이순신, 도산 안창호, 김구 같은 분을 넣고 싶은 생각이 든다. 그러면 많은 사람들이 화투를 즐기면서 세종대왕이나 이순신 장군 같은 훌륭한 분들의 업적을 상기하며 그 분들을 닮아가려 할 것이 아닌가.

그런데 최근에 나는 그 자리에 단원 김홍도의 '서당도書堂圖' 그림을 넣으면 안성맞춤이겠다는 생각이 들었다. 왜냐하면 서당도에는 학생들을 가르치는 훈장과 공부하는 아이들의 모습이 잘 그려져 있기 때문이다.

우리 한국인의 정신은 한 마디로 뜨거운 교육열이라고 생각한다. 인구는 많고, 국토는 좁기 때문에 열심히 배우지 않으면 안 된다는 것이 우리의 국민성으로 굳어진 셈이다.

현대 사회는 한 마디로 무한 경쟁의 사회며, 하루가 다르게 변하고 있다. 따라서 우리 민족이 낙오자가 되지 않기 위해서는 열심히 가르치고 배워야 한다고 생각한다. 교육만이 우리의 유일한 희망인 것이다.

어떤 사람이 우스갯말로 "한국인은 혼자 있으면 잠만 자고, 둘이 있으면 싸우며, 셋이 모이면 화투를 치는데, 독일인은 혼자 있으면 독서를 하고, 둘이 있으면 토론을 하며, 셋이 모이면 노래를 부른다."고 우리 민족을 비하하는 말을 들은 적이 있다. 그리고 우리 민족이 얼마나 화투를 즐겨하면 그런 말을 했을까를 생각하며 부끄러운 생각이 들기도 하였다.

한 마디로 1월과 8월의 빛나는 태양은 일장기를 상징적으로 나타내고 있으며, 3월의 사쿠라는 일본의 국화國花를 나타내고 있다. 그리고 9월의 국화菊花는 일본 천황의 문양을 나타내고, 비는 서예가인 오노도후의 무서운 정신을 담고 있으니, 가능하면 화투를 멀리 했으면 좋겠고, 불가피하게 즐길 수밖에 없다면 뜻이라도 알고 쳤으면 한다. 그리고 누군가 우리 민족의 정신을 담은 화투를 만들어 주었으면 한다.

예언자

어떤 마을에 큰 부자가 살고 있었는데 주인은 마음이 후덕하여 창고에 있는 쥐가 먹으라고 해마다 벼 한 가마니를 그냥 두었다고 한다.

그런데 어느 날 쥐 한 마리가 마당에 나와 바가지를 물고 뱅뱅 도는 것을 보니 참으로 신기하였다. 가족들이 모두 마당으로 나와 쥐의 이상한 행동을 구경하고 있는데 갑자기 집이 무너졌다.

쥐는 집이 무너질 것을 미리 알고 이상한 짓을 해서 가족들을 밖으로 나오도록 한 것이다. 이 이야기가 사실인지 거짓인지는 알 수 없으나 만약 사실이었다면 쥐는 부자에게서 받은 은혜를 갚은 셈이 된다.

알라스카는 원래 러시아의 땅이었으나, 적자에 시달리던 러시아는 미국에 땅을 사달라고 요청하였다. 그러나 당시 대부분의 미국인들은 아무 가치도 없는 얼음의 땅을 살 필요가 없다고 반대하였다. 그런데 국무장관이었던 윌리엄 시워드는 "우리 세대를 위해서 땅을 사자는 것이 아니라, 다음 세대를 위해서 땅을 사자."고 의원들을 설득하여 1867년에 720만 달러를 주고 땅을 매입하였다. 러시아 대표단은 쓸모없는 땅을 비싼 값에 잘 팔았다며 상여금까지 받았으나, 시워드는 죽을 때까지 '시워드의 아이스 박스' 라는 비웃음을 당하였다.

그런데 불과 30년 후, 알라스카는 무진장한 석유와 황금이 쏟아져 나와 세계를 깜짝 놀라게 하였다. 윌리암 시워드는 당시에는 가장 어리석은 사람으로 평가를 받았으나 지금은 모든 미국인들에게 가장 훌륭한 사람으로 존경받고 있다.

예전에는 농사를 짓기 때문에 날씨에 대하여 민감할 수밖에 없었다. 그러나 날씨는 매우 변화무쌍하여 예측하기가 어려웠다. 그리하여 옛날에는 아예 '엉터리 일기예보' 라는 말이 붙을 정도로 맞추기가 어려웠다.

또한 엊그제까지만 해도 건강하던 사람이 갑자기 운명을 달리했다거나, 교통사고 등으로 뜻밖의 재앙을 당하는 것도 참으로 예측하기 어려운 일이다. 따라서 신비로운 예언이나 점쟁이의 말이 근거가 없는 말인 줄 알면서도 은근히 믿는 것은 미래의 결과를 알기가 어렵기 때문이다.

학생들을 가르치는 선생님들은 본의 아니게 학생들의 미래에 대하여 긍정적 예언을 하기도 하고, 부정적 예언을 하기도 한다. 글짓기를 잘하는 학생에게 "너는 앞으로 훌륭한 작가가 될 거야."라고 예언을 하기도 하고, 목소리가 좋은 학생에게 "너는 장차 훌륭한 아나운서가 될 거야."라고 예언을 하기도 한다.

그리고 선생님의 칭찬 한 마디가 큰 힘이 되어 훌륭한 작가가 되기도 하고, 훌륭한 아나운서가 되기도 한다. 또한 실력이 없고 말썽을 피우는 학생에게도 "괜찮아, 너는 장차 훌륭한 사람이 될 거야. 너는 장래가 촉망되는 우리의 희망이야."라고 격려를 해주면 훗날 훌륭한 사람이 되어 크게 성공을 하기도 한다.

그러나 반대로 "교직생활을 하면서 너 같은 애는 처음 보는구나. 커서 뭐가 되려고 그러니?"라고 부정적인 예언을 하면 좋은 학생도 나빠지기 마련이다.

고려시대의 도선대사는 왕건이 찾아와 꿈을 이야기하자 장차 왕이 될 것을 예언하였으며, 무학대사 역시 이성계의 꿈을 해몽하여 왕이 될 것이라고 예언하였다. 왕건이나 이성계가 꿈 때문에 왕이 된 것은 아니지만 크게 용기를 얻은 것은 사실이라고 생각된다.

한때 노스트라다무스의 예언이 많은 사람들의 관심거리가 된 적이 있다. 그러나 지구에 종말이 오고 인류가 곧 멸망할 것이라는 부정적 예언은 사람들에게 희망보다는 절망과 두려움을 주기 때문에 결코 바람직하지 않다고 생각된다.

현대사회는 지식과 정보의 양이 폭발적으로 증가하여 하루가 다르게 변화하고 있고, 미래를 예측하기가 어렵다. 그리하여 과거처럼 꿈이나 관상, 느낌, 사주팔자로 미래를 예측하는 것이 아니라, 정확한 통계와 구체적인 자료를 통하여 학문적으로 연구하는 '미래학'이 크게 각광을 받고 있다. 엘빈 토플러의 〈미래의 충격〉과 〈제3의 물결〉 등은 미래를 전망한 대표적 저서이다.

현대사회는 과거 100년 전에 비해 하루가 다르게 변화되기 때문에 과연 100년 후나 1000년 후에도 끝없이 문명이 발달하여 정말 복되고 풍요로운 사회가 될지, 아니면 자원의 고갈과 인구 증가로 더욱 어려운 사회가 될지 궁금하기만 하다.

나 역시 미래사회에 대해 관심이 많다. 그리고 미래사회에 대하여 정확히 예측할 수 있고, 점쟁이처럼 미래를 환히 내다볼 수 있었으면 좋겠다. 그러나 미래 사회는 고사하고 1년 앞, 하루 앞도 알지 못하니 부끄러운 일이 아닐 수 없다.

고향

내가 태어난 곳은 전라북도 익산군 왕궁면 발산리 상발이다. 우리 동네는 윗 발산 아랫 발산이 있는데 내가 태어난 곳은 위에 있는 발산이었기 때문에 상발이라고 하였다.

발산鉢山이라는 지명은 벌뫼 즉 '벌판에 있는 산이라는 의미를 취음해서 발산이라고 하였다.' 는 설이 있고, 마을 입구의 신궁리라는 마을이 마치 스님의 바리때처럼 움푹하게 들어갔다고 해서 바리때 발鉢자를 써서 발산이라 하였다는 설이 있다.

발산은 전형적인 시골 마을로 뒤에는 낮은 야산이 있고, 앞에는 넓은 들이 있어 논과 밭이 많은 부촌이다. 그리고 대부분의 농촌 마을은 동네가 원형을 이루고 있으나 발산은 마치 고구마처럼 긴 것이 특징이다.

발산은 왕궁면에서는 백 호가 넘기 때문에 굉장히 큰 마을에 속한다. 그리고 몇몇 타성을 제외하고 대부분 우리 일가들이 집성촌을 이루고 있기 때문에 대부분 일가친척 아닌 사람이 없다.

나는 어렸을 때 공부하기를 싫어하였고 노는 것이 공부였다. 부모님께서는 "너는 하라는 공부는 안하고 왜 그렇게 쏴다니기를 좋아하느냐?"고 꾸짖기도 하고, 혼을 내기도 했지만 소용이 없었다.

봄이 오면 들로 산으로 돌아다니며 삘기를 뽑아먹기도 하고, 개구리나 새를 잡으러 돌아다니기도 하였으며, 남의 고구마를 캐먹다가 들켜 혼이 나기도 하였다.

내가 어렸을 때는 산이나 들에 뱀이 굉장히 많았다. 다행히 독사는 없고 무자수라 불리는 물뱀이나 꽃뱀이 대부분이기는 했으나 아무 생각없이 산이나 논길을 가다가 뱀을 보고 크게 놀란 적이 한두 번이 아니다.

여름이 오면 친구들과 어울려 하루 종일 냇물에서 미역을 감는 것이 하루의 일과였다. 어느 날은 아침부터 저녁까지 물에서 놀기도 하였고, 어느 날은 비가 오는 데도 오들오들 떨며 물싸움을 하기도 하였다.

그 당시에는 논이나 냇물에 고기가 참으로 많았다. 논에는 주로 송사리나 붕어가 많았다. 요즘 추어탕이라 불리는 미꾸라지는 잡는 족족 내버릴 정도로 고기가 많았다.

발산 앞에는 냇물이 두 개가 있었다. 그런데 발산 앞쪽에 있는 마을보다는 약간 멀기는 했으나 앵금리 쪽의 냇물에 물고기가 많아, 그쪽에 가서 붕어, 뱀장어, 메기, 빠가, 참게 등을 잡을 때가 많았다.

물고기를 잡는 것은 너무나 원시적이었다. 얼레미란 것을 가지고 송사리나 새우를 잡기도 하지만 대부분 아무 도구도 없이 맨손으로 더듬어서 붕어를 잡는 것이 대부분이었다.

농촌에는 수리 시설이 좋지 않았기 때문에 농사에 쓰기 위해 물을 저장해둔 둠벙이나 작은 저수지가 많았다. 그리하여 농사철에 물을 다 쓰고 나면 물이 하나도 없어 사람들이 모여 물고기를 잡았다. 특별히 주인이 없고, 먼저 잡는 사람이 임자였다.

가을이면 벼이삭이 황금물결을 이루는 들에 나가 메뚜기도 잡고, 방아땅구, 왕치, 잠자리를 잡으며 하루를 보내기도 하였다.

내가 어렸을 때만 해도 논에 농약을 거의 사용하지 않았기 때문에 논에 가면 메뚜기가 수도 없이 많았다. 그리하여 논둑 길을 걷노라면 후두둑 후두둑 메뚜기 튀는 소리가 콩 볶는 소리처럼 요란하였다.

겨울은 겨울대로 할 일이 많았다. 눈이 오면 눈사람을 만들고, 눈썰매를 만들며, 눈싸움을 즐기기도 하였다. 또한 그 시대에는 못이 귀하여 손이 아픈 줄도 모르고 못치기를 하였고, 딱지치기, 불놀이, 엿치기, 팽이치기, 제기차기, 연날리기로 하루를 보낼 때가 많았다.

한번은 쇠못을 잘못 쳐서 옆에서 구경하는 여동생 친구의 발등에 못이 박혀 기겁을 한 적도 있다.

지금 생각하면 내가 살고 있는 발산은 날씨가 따뜻한 호남지방인데도 불구하고 왜 그렇게 추웠는지 항상 손이 얼어 터지고 손등이 갈라질 때도 많았다. 물론 따뜻한 옷이 없고, 집도 한옥이기 때문에 어쩔 수 없기도 하지만 지금에 비해 날씨가 훨씬 추웠던 것 같다.

그런데 내가 나이를 먹고 많이 변한 것처럼 이제는 고향도 많이 변했다는 생각이 든다. 마을 입구에 있었던 몇백 년 되는 팽나무는 마을길을 넓힌다고 베어버렸고, 어렸을 때 다니던 구불구불한 마을길은 넓

자연과 책의 주인은
그것을 보는 사람이다.

– R.W. 에머슨

고 반듯한 신작로가 되었으며, 마을 뒤에 있었던 울창한 솔밭은 공동 묘지로 변하였다.

지금도 고향에 가면 제각 옆을 지날 때마다 할아버지 생각이 난다. 내가 초등학교를 다닐 때 할아버지께서 책임을 맡아 다른 곳에 있는 제각을 사서 원형 그대로 옮겨 지었는데, 그 때는 제각 마당이 얼마나 크고 넓었는지 청년들이 밤마다 태권도를 배우며 운동장으로 사용하기도 하였다.

마을 앞에 있는 모정은 많은 추억이 간직되어 있다. 어른들은 농사에 지친 몸을 쉬며 낮잠을 즐겼고, 청년들은 장기나 고누를 두며 시간을 보내기도 했으며, 나이가 어린 꼬마들은 장난을 하다가 어른들에게 혼이 나기도 하였다.

한 번은 거지 한 사람이 너무나 아는 것도 많고, 말을 잘한다고 하여 모정에 간 적이 있다. 그랬더니 모정에 사람들이 앉을 자리가 없을 정도로 가득 모였는데 거지가 신나게 이야기를 하고 있었다. 내가 봐도 말을 잘하는 똑똑한 거지였다.

어른들의 말에 의하면 거지는 낮에는 멀리 다른 동네에 가서 구걸을 하고, 밤에는 모정에서 잠을 자는데, 돈도 많아서 동네 사람들이 돈이 없으면 빌려 쓰기도 하고 사이가 좋았다. 그런데 그런 똑똑한 사람이 왜 거지를 했는지 지금도 알 수가 없다.

발산은 내가 태어난 곳이고 부모님과 형제 자매가 살던 곳이며, 아직도 동생이나 친척들이 살고 있기 때문에 많은 추억들이 고스란히 간직된 곳이다.

지금도 추석 때가 되면 조부모님과 부모님 묘소에 성묘를 하고, 어른들께 인사를 드리기 위해 고향에 간다. 그리고 옛날의 추억들을 생각하며 한없는 감사를 느낀다.

고다이버

11세기경 잉글랜드 중부지방의 코벤트리에 레오프릭이라는 영주가 살고 있었다. 욕심이 많은 영주는 농노들에게 지나치게 많은 세금을 내도록 하여 원성이 컸다. 그리하여 이를 보다 못한 영주의 부인 고다이버는 남편에게 세금을 내려 달라고 간청을 하였다.

그런데 남편은 엉뚱하게도 "네가 그토록 농노들을 사랑한다면 그 사랑을 몸으로 실천해 보여라. 만약 당신이 완전한 알몸으로 말을 타고 영지를 한 바퀴 돌면 세금 감면을 고려하겠다."고 하였다. 아내가 알몸으로 말을 타고 영지를 도는 것은 불가능한 일이라고 믿었기 때문이다.

그러나 그녀는 남편의 제의를 받아들이기로 결심을 하고, 어느 날 이른 아침에 알몸으로 말을 타고 영지로 떠나게 되었다. 영주 부인이 세금을 감면해 주기 위해 알몸으로 영지를 돈다는 소문을 들은 농노들은 그 마음에 감동하여 집집마다 창문을 걸어 잠그고 커튼을 내려 영주의 아내를 보지 않았다고 한다.

그때 영주의 부인인 고다이버는 불과 16세의 어린 나이였다. 영주는 할 수없이 아내의 요구를 받아들여 세금을 감면해 주었다고 한다.

사람은 누구나 아름답기를 원하며, 아름다움이야말로 지상 최고의 가치라고 생각한다. 그리하여 아름다운 눈과 아름다운 얼굴, 아름다운 용모를 가진 사람은 만인의 사랑을 받으며 행복해 한다.

그런데 아름다움은 사람에게만 국한되는 것이 아니다. 집도 아름다운 집을 갖고 싶고, 옷도 아름다운 옷을 입고 싶으며, 자동차도 아름다운 자동차를 소유하고 싶은 것이 사람들의 공통적 욕망이다.

인류의 역사를 살펴보면 인구에 회자되는 아름다운 여성이 많다. 그런데 그 중에서도 가장 대표적인 인물은 중국의 양귀비와 이집트의 클레오파트라라고 생각한다. 따라서 양귀비와 클레오파트라는 모든 여성들의 최고의 우상이 아닐 수 없다.

그러나 클레오파트라나 양귀비보다도 더욱 아름다운 여성은 바로 고다이버 같은 착한 마음씨를 가진 여성이다.

아무 부족함이 없는 영주의 부인으로서 알몸으로 마을을 돈다는 것은 고귀한 사랑의 정신이 없이는 불가능하기 때문이다.

오늘날 많은 여성들이 아름다운 모습을 간직하기 위해 성형수술을 하는 등 갈수록 미에 대한 관심이 높아지고 있다. 그러나 아름다운 장미도 시들면 추하기 마련이며, 최고의 인기 스타라 하더라도 나이가 들면 세인들의 관심에서 멀어지기 마련이다.

아브라함 링컨이 그의 위대한 업적으로 말미암아 잘 생긴 미남으로 생각되는 것처럼, 고다이버 역시 생각하면 생각할수록 아름다운 여인이 아닐 수 없다.

말의 중요성에 대하여

사람은 만나면 반드시 말을 한다. 그런데 똑같은 말이라도 기분 좋은 말이 있고, 기분 나쁜 말이 있다. 따라서 말 한 마디 때문에 평생의 은인이 되기도 하고, 말 한 마디 때문에 평생의 원수가 되기도 한다.

말은 사람을 즐겁게도 하고, 괴롭게도 하며, 사람의 기를 살리기도 하고, 기를 죽이기도 한다. 나를 칭찬하고 인격을 존중하는 말을 들으면 기분이 좋고 힘이 난다. 그러나 나의 인격을 무시하고 비난하는 말을 들으면 하루 종일 화가 나고 힘이 빠지게 된다.

똑같은 말이라도 "고마워요. 힘내세요. 축하해요. 사랑해요. 반가워요. 미안해요. 미소가 참 밝습니다. 재치가 대단합니다. 기대 이상입니다. 유머 감각이 뛰어나군요. 소문처럼 역시 다릅니다."는 말을 들으면 기분이 좋다.

나는 용기가 없어 평소에 아내에게 이런 말을 못하지만 아내를 즐겁게 하려면 이렇게 말을 해야 한다고 한다.

"당신 갈수록 더 멋있어. 당신 음식 솜씨는 일품이야. 역시 나는 처복이 많아. 당신 왜 이리 예뻐졌어? 역시 장모님 밖에 없어. 여보, 사랑해! 모두 당신이 기도 한 덕분이야. 당신 옆모습은 꼭 그림 같아. 당신은 애들 키우는데 타고난 소질이 있나봐. 언제 이런 것까지 배웠어. 당신을 보고 있으면 감탄사가 저절로 나와. 당신은 못하는 게 없어. 당신은 멀리서도 한 눈에 띄어. 당신은 뭘 입어도 폼이 난다니까. 당신은 처녀 때나 지금이나 변함이 없어. 당신 웃을 때 보면 사춘기 여고생 같아. 내가 당신을 안 만났다면 어떻게 되었을까? 난 아직도 연애할 때 생각하면 마음이 떨려. 당신, 모델 뺨치는데. 당신 잠든 모습을 보면 천사 같아. 당신 장모님 닮아 그렇게 이해심이 넓은 거 맞지? 학생 때 당신 때문에 마음 졸인 놈 한 둘 아니었겠다. 당신 마음 씀씀이를 보면 내가 부끄러울 때가 많아. 당신 기억력은 보통이 아냐."라고.

어떤 부모는 금쪽처럼 아끼는 자녀에게 아무 생각없이 함부로 말을 하여 자녀의 기를 꺾고 문제아가 되도록 한다.

"너 때문에 내가 못 살아! 너한테 질렸다. 너 때문에 미치겠다. 너는 제대로 하는 게 하나도 없구나! 너는 언제나 이기적이다. 너는 내 자식이 아니다. 너에게 아무 것도 기대하지 않는다. 너는 문제투성이야! 나가든지 들어오든지 마음대로 해. 너 때문에 부끄럽다."등의 말을 들으면 성인군자라도 기분이 나쁘고 화가 날 수밖에 없다.

이성호 교수의 〈부모가 절대로 해서는 안 되는 말〉이라는 책에 나오는 것처럼 "그때 저걸 그냥 낳지 말았어야 했는데. 머리는 무거운데 왜

달고 다니냐! 근데, 교복은 왜 입고 난리야! 이제 그만 떠들고 들어가 공부해! 너, 방에 들어간 게 언젠데 아직도 그러고 앉았냐? 넌 무슨 서론이 그렇게 기냐? 요점만 말해! 너도 이 다음에 꼭 너 같은 새끼 한번 낳아 보렴. 올라가지 못할 나무는 쳐다보지도 말랬지! 대가리에 피도 안 마른 것이. 걔는 벌써 중학교 3학년 과정을 다 떼었다더라. 그 아이는 부모가 해 준 것이 아무 것도 없는 데도 잘만 하더라. 옛날, 엄마 아빠 어렸을 때는. 너, 그 아이하고 다시는 어울리지 마! 제발 한눈팔지 말고 곧장 와! 쓸데없는 생각 말고 숙제나 해! 몇 개 틀렸어? 그래서 네가 몇 등 했다고? 김연아 봐라, 그저 뭐든지 한 가지만 잘하면 돼! 좀 요령이 있어 봐라, 얘가 고지식하기는. 엄마가 못해 준 게 뭔데?"등의 말을 들으면 어떤 자녀가 바르게 성장하겠는가? 생각만 해도 아찔한 일이다.

독일의 유명한 작곡가 멘델스존의 할아버지인 모세 멘델스존은 철학자인데 불행하게도 체구가 작고 기이한 모습의 곱사등이였다. 어느 날 그는 함부르크에 있는 한 상인의 집을 방문하였다. 그런데 그 집의 아름다운 딸 프룸체를 만나자 자기도 모르게 사랑의 포로가 되었다.

멘델스존은 용기를 내어 프룸체에게 말을 걸었다. 그러나 그녀는 창밖을 보며 대꾸조차 하지 않았다. 멘델스존은 포기하지 않고 그녀에게 물었다.

"당신은 결혼할 배우자를 하늘이 정해준다는 말을 믿나요?"

그러자 그녀는 창밖을 바라보면서 차갑게 대답하였다.

"그래요, 당신도 그 말을 믿나요?"

멘델스존은 기다렸다는 듯이 이렇게 대답하였다.

"네, 저도 믿습니다. 한 남자가 태어나는 순간, 하늘은 그에게 장차 신부가 될 여자를 정해주지요. 제가 태어날 때도 그랬습니다. 하느님이 내게 말했어요. '너의 아내는 곱사등이일 것이다.' 이 말을 듣고 저는 놀라 소리쳤습니다. '안됩니다. 하느님, 여인이 곱사등이가 되는 것은 비극입니다. 차라리 저를 곱사등이로 만드시고 제 신부에게는 아름다움을 주십시오.' 그래서 제가 곱사등이로 태어났습니다."

그의 이야기를 들은 프룸체는 미소를 지으며 고개를 돌려 멘델스존의 눈을 바라보았고, 잠시 후 프룸체는 그에게로 다가가 가만히 그의 손을 잡았다. 그리고 훗날 프룸체는 모세 멘델스존의 헌신적인 아내가 되었다고 한다.

말은 똑같은 말이라도 때와 장소를 가려서 해야 하고, 따뜻한 말을 해야 하며, 가능한 상대방이 듣고 싶은 말을 해야 한다. 그리고 풍부한 예화를 들어가며 말하며, 한 번 한 말은 두 번 다시 하지 않는 것이 좋다.

또한 일관성 있게 말하고, 상대방에게도 말할 기회를 주며, 상대방의 말을 끊지 않도록 해야 한다. 상대방의 말을 끝까지 경청하고, 불평불만이나 시시비비를 가리지 않아야 한다. 분위기에 맞게 말하고, 조리 있게 말하며, 재미있게 말해야 한다. 뒤에서 험담하지 않으며, 칭찬, 감사, 사랑의 말을 해야 한다. 품위 있게 말하고, 솔직하게 말하며, 진실하게 말해야 한다.

또한 상대방의 호감을 얻기 위해서는 상대방의 이름을 불러 주며, 상대방이 가지고 있는 장점은 칭찬을 하되, 단점은 가능한 감춰주고,

덮어주어야 한다.

말은 사람을 바꾸어 놓는 위대한 힘을 가지고 있다. 그리고 똑같은 말이라도 교육자, 종교인, 의사, 무당의 말은 상대방에게 깊은 영향을 미치며 충격을 준다.

학생을 가르치는 교육자의 예언적 표현은 학생의 운명을 바꾸어 놓는 경우가 많다. 글짓기를 잘하는 학생에게 "정말 글을 잘 썼구나. 앞으로 훌륭한 작가가 되겠는데."라는 한 마디에 국문과에 진학을 하기도 하고, "너는 발음이 참 좋구나."라는 한 마디에 영문학을 전공하기도 한다. 반대로 "장차 뭐가 되려고 그러는지." "잘되기는 틀렸다."라는 한 마디에 학교를 그만 두기도 한다. 세상에 말처럼 중요한 것이 없다.

사람의 행복은 85%가 인간관계에 의해 좌우된다고 한다. 그런데 인간관계는 대부분 말로 이루어지기 때문에 세상에 말처럼 중요한 것은 없다.

| 인지위덕

옛날에 몹시도 가난한 총각이 살고 있었다. 나이 서른이 되도록 장가를 들지 못하다가 늦게야 어렵게 한 처녀를 만나 장가를 들게 되었다. 그런데 신부가 집에 와서 보니까 집안 살림이 엉망이고 더욱이 남편이 너무 무식해서 사람 구실을 못할 것 같은 생각이 들었다. 그리하여 어느 날 신부는 "서방님, 이제 어디 가서 좋은 선생님을 만나 공부를 좀 하고 오시지요"라고 간청을 하였다. 신랑은 자의반 타의반으로 공부를 하게 되었다.

그런데 신랑은 머리가 좋지 않아 오늘 배운 것도 돌아서면 까먹어 버리기 일쑤였다. 그리하여 선생님은 천자문 가르치기를 포기하고 평생 동안에 꼭 필요한 글자 넉 자만 가르쳤다고 한다. 그 글자가 바로 '인지위덕忍之爲德' 즉 '참는 것이 덕이 된다.' 는 것이다.

신랑은 그 넉자를 배우는데 꼬박 2년을 쓰고는 의기양양하게 집으로 돌아왔다. 그런데 이게 웬일인가? 밤에 집에 도착해 보니 아내 옆에 사내가 함께 자고 있었다. 당장 때려죽이고 싶었지만 그는 마음속으로 '인지위덕, 인지위덕'을 수없이 부르며 아침이 되기를 기다렸다.

그런데 아침이 되어 살펴보니 그 사내는 다른 사람이 아닌 바로 자기의 처제였다. 저녁에 머리를 감고 상투처럼 묶고 자서 그렇게 보였던 것이다. '인지위덕' 네 글자가 살인을 면하게 했던 것이다.

러시아의 유명한 시인이었던 푸쉬킨은 그의 '삶'이란 시에서 "삶이 그대를 속일지라도 결코 슬퍼하거나 노하지 말라. 슬픔의 날을 참고 견디면 머지않아 기쁨이 오리니."라고 인내를 강조하였다.

그러나 푸쉬킨 역시 사랑하는 아내가 근위대 장교와 바람 피우는 것을 참지 못하고 결투를 신청했다가 39세의 젊은 나이에 총을 맞아 죽기 직전에 이 시를 썼다고 한다.

한번은 수업을 하는데 한 학생이 질문을 하였다.

"선생님, 고등학교 3학년이 되면 수능 시험이 끝난 12월부터 2월까지 수업을 하지 않는데 왜 수업료를 내야 하나요?"

참으로 어이없는 질문이었다.

"그래, 정부에서도 돈을 받고 싶은 것은 아니겠지만 선생님들 봉급을 드려야 하기 때문에 그런 것 같다."고 하였다.

"그래도 수업료를 깎아줘야 하는 것 아닌가요?"

수업료를 깎다니, 나도 모르게 은근히 화가 났다. 그러나 '나이가 어린 학생들이니까 그럴 수도 있겠지.'라고 생각하며, "자아, 돈 얘기는 그만하고 수업을 해야지."라며, 진도를 나가려고 하는데 또 한 학생이 질문을 하였다.

"선생님, 수업료를 내지 않으면 졸업이 안 되나요?" 나도 모르게 화가 났다. "그걸 말이라고 해"라고 화를 냈다. 학생도 무안했던지 고개를 숙이고 운다. '조금만 참았더라면 좋았을 텐데.' 라고 후회를 하였다.

참을성이 있는 사람도 한두 번은 잘 참지만 두 번, 세 번 반복하면 "내가 그동안 몇 번이나 참았는데."라고 생각하며, 폭발을 하는 경우가 많다.

성공하는 사람들의 공통점은 남다른 재주나 특별한 능력이 있어서 성공하는 사람도 있지만, 대개는 보통 사람보다 강한 인내심으로 크게 성공한 사람들이 많다.

인류의 4대 성인이라 불리는 석가, 예수, 마호메트, 소크라테스 같은 분들의 생애를 보면 온갖 고난과 갈등이 많았지만 끝까지 참고 견디며 실천을 하신 분들이다. 아이큐가 높고 머리가 좋다고 성자가 되는 것이 아니라 인내심이 있어야 성자가 될 수 있는 것이다.

우리나라 단군신화를 보더라도 사나운 호랑이가 인간이 되는 것이 아니라 묵묵히 참고 기다리는 곰이 인간이 된다.

중국의 고사에 '타면자건' 이라는 말이 있다. 누군가 알지도 못하는 사람이 내 얼굴에 침을 뱉더라도 상대방을 원망하지 않고, 침이 마를 때까지 기다리는 인내심이 있어야 성공을 한다는 것이다.

토마스 칼라일은 〈프랑스 대혁명〉이라는 대작을 7년만에 완성하였다. 그런데 난로를 피우던 하녀가 원고뭉치를 휴지인 줄 알고 불쏘시개로 써버렸다. 칼라일은 너무나 기가 막혀 일주일 동안 음식을 먹지 않은 채 깊은 실망에 빠졌다고 한다. 그러던 중 그는 '하늘이 내게 더 좋은 작품을 쓰라는 뜻이다.' 라고 생각하고, 다시 7년 동안 글을 써서 불후의 명작인 〈프랑스 대혁명〉을 남겼다.

최연소 올림픽 금메달리스트인 코마네치 선수는 14살의 어린 소녀로 금메달을 땄는데, 기자들이 "어떻게 그런 기술을 익혔느냐?"고 질문을 하자 "훈련받다가 죽는 줄 알았어요."라고 대답하였다.

바르셀로나 올림픽에서 1등을 한 우리나라 황영조 선수도 "훈련 도중 차라리 물에 빠져 죽어 버렸으면 좋겠다는 생각을 수없이 했다."고 하고, 피겨의 여왕인 김연아 선수 역시 몇 차례 포기를 한 적이 있다.

우리 현대인들은 인내심이 강한 사람만 성공을 하고, 생존할 수 있는 사회가 되었다. 정치인, 경제인도 참을성이 있어야 하고, 학자나 운동선수도 끝까지 참고 견디는 인내심이 있어야 한다.

중고등학교 학생은 비가 오나 눈이 오나 참고 학교에 나와야 하고, 대학생도 수십 대 일의 시험을 통과하기 위해 참아야 하며, 직장에 취업한 후에도 성실하게 참고 견디지 않으면 성공할 수 없다.

심지어 술과 담배도 참아야 하고, 운전 중에는 과속을 하고 싶어도 참아야 한다. 장좌불와로 유명한 성철스님처럼 한없이 참고 또 참아야 한다.

누가 나에게 "인생이란 무엇입니까?"라고 질문을 한다면 "인생이란 참는 것이다."라고 대답하고 싶다. 참는 사람은 정말 덕이 많은 사람이요, 성자가 아닐 수 없다.

돈의 가치에 대하여

동서고금을 막론하고 사람은 누구나 돈에 대해 관심이 많고, 돈이 많은 사람을 부러워하며, 돈을 싫어하는 사람은 없다. 누구나 돈 앞에 고개를 숙이고 돈을 위해서 순교자처럼 목숨을 버리는 사람도 많다. 따라서 인류의 역사는 돈의 역사라 할 만큼 돈의 지배를 받으며 살고 있다.

돈은 천의 얼굴과 만 가지 재능을 가지고 있다. 모든 사람을 기쁘게 하기도 하고, 슬프게 하기도 하며, 노하게도 하고, 즐겁게도 한다. 어디 그 뿐인가? 돈은 사람을 행복하게도 하고, 불행하게도 한다. 돈이 잘 벌리거나 사업이 잘되면 세상에 부러울 것이 없지만, 월급이 체불되고 사업이 안 되면 우울하기 짝이 없다.

돈은 미남을 추남으로 만들기도 하고, 추남을 미남으로 만들기도 하며, 미인을 추녀로, 추녀를 미인으로 만들기도 한다. 또한 초등학교만 나온 사람도 돈이 많으면 위대한 사람이 되고, 명문대학을 나온 사람도 돈이 없으면 무능한 사람이 된다. 돈은 이 시대 최고의 마술사가 아닐 수 없다.

지금 우리 사회는 가난한 사람은 끼니가 어려워 고민을 하지만, 돈이 많은 사람은 너무나 많아 고민을 한다. 어떤 가난한 노인은 하루 종일 파지를 줍기 위해 골목과 쓰레기장을 기웃거리며, 죽기 전에 고기 한번 실컷 먹어보는 것이 소원이라고 하는데, 어떤 사람은 재산이 몇조에 이르며, 100억의 연봉을 받는 사람도 있다.

물론 그런 사람도 돈이 많아서 행복하다는 말은 절대로 하지 않는다. 경기가 안 풀려 죽을 지경이라고 하며 근천을 떤다. 반어법을 쓰는 것인지, 약을 올리는 것인지 알 수가 없다.

옛날 사람들은 돈은 개도 물어가지 않는다고 하며, 돈을 멀리하였다. 선비는 돈을 몰라야 하며, 돈과 소인배를 멀리하라 하였다. 그러나 지금은 대통령도 세계를 누비며, 물건을 사달라고 사정을 할 정도로 돈은 막강한 위력을 발휘하고 있다.

돈은 소유하면 소유할수록 더 가지고 싶고 만족이란 없다. 1억을 가진 사람은 2억을 가진 사람을 부러워하고, 99억을 가진 사람은 100억을 채우기 위해 발을 구른다. 지구를 다 사도 만족이란 없다.

강남에 사는 부자들은 아파트 값이 올라 기분이 좋지만, 그것으로 만족하지 않는다. 앞으로도 두 배, 세 배 더 힘차게 오르게 해달라고 기도를 한다.

돈은 버는 것도 중요하지만 어떻게 쓰느냐에 따라 사람을 아름답게 하고 위대하게 한다.

삼영화학 이종환 회장은 자신의 재산 3000억 원을 장학금으로 내놓아 많은 사람들의 존경을 받고 화제가 된 적이 있다. 그런데 그분도 돈 때문에 아내와 말다툼을 하고 이혼을 한 후, 다시 3000억 원을 장학금으로 내놓아 6000억 원의 장학재단을 만들게 되었다. 아내도 늦게나마 남편의 뜻을 이해하고 다시 재결합을 했다고 하니 참으로 부러운 노년이 아닐 수 없다.

학교에서 공부를 잘하는 학생을 불러 장차 어떤 사람이 되고 싶냐고 물었더니 빌 게이츠나 워런 버핏같은 사람이 되고 싶다고 하였다. 사실 대부분의 학생들이 진로를 결정할 때 돈을 많이 벌 수 있는 학과로 진학을 한다. 이과에서 공부를 잘하는 학생은 무조건 의치약 계열로 진학을 하고, 문과에서 공부를 잘하는 학생은 대부분 법대로 진학을 한다.

학생들의 장래를 위해 진로지도를 하는 선생님들 역시 돈을 많이 벌 수 있는 직업을 선택하라고 열변을 토한다. 적성이나 소질 등은 가능한 무시하라고 한다.

나는 교직이라는 안정된 직업 덕분에 많은 돈을 벌지는 못했어도 크게 궁색한 적도 없다. 전생에 무슨 복을 지었는지 감사한 일이 아닐 수 없다.

그러나 젊은 시절에 조금이라도 돈을 늘려보려고 주식에 뛰어들었다가 크게 손해를 본 적이 있다. 부부 교사가 받는 연봉만 그대로 저축을 했어도 얼마든지 여유있게 살아갈 수 있는데, 한때의 어리석은 판단으로 소중한 돈을 날리고, 아내와 부부싸움을 한 일을 생각하면 부끄럽기 짝이 없다.

서정주 시인은 '무등을 보며' 라는 시에서 "가난이란 한갓 남루함에 지나지 않는다. 저 눈부신 햇빛 속에 갈매빛의 등성이를 드러내고 있는 우리들의 속살같은 타고난 숨결, 타고난 마음까지 다 가릴 수는 없다."고 하였다. 비록 돈이 없고, 집이 남루하다고 해도 가난을 탓하지 말고 서로를 사랑하며 살라고 하였다.

돈은 사람의 이성을 잃게 하고, 천박한 행동을 하도록 만드는 재주를 가지고 있다. 땅값이 오르고 졸부가 되면 "에에! 그러니까, 에에!" 하며 목소리에 힘이 들어가고 못난 짓을 한다. 사람들이 "그 사람 돌았다."고 해도 무슨 뜻인지 알아듣지 못한다.

돈은 돌고 돈다. 있다가도 없고, 없다가도 있다. 미국처럼 돈이 많은 나라도 경제가 휘청거릴 때가 있고, 중국처럼 못사는 나라도 경제가 크게 일어날 때가 있다. 부자도 부도가 나면 하루아침에 거지가 되고, 로또에 당첨된 사람이 함부로 돈을 낭비하다가 더 불행하게 되는 예도 얼마든지 있다.

일시적으로 조금 가난하다 하더라도 '돈 돈 돈' 하고 노래를 불러서는 안 된다. 당장은 가난하지만 언젠가는 부자가 될 수 있다는 희망을 가지고 당당하게 살아야 한다.

"더 더 더"를 좌우명으로 삼고 인생을 살아가는 사람보다는 현재 가지고 있는 재산만이라도 소중하게 관리하며 감사하고 겸허한 마음으로 살아가는 사람이 많았으면 좋겠다.

그리고 아무 노력도 없이 하루아침에 졸부가 되어 떵떵거리는 사람보다는 근면 성실하게 살아가는 사람들이 부자가 되고, 행복하게 살아가는 세상이 되었으면 좋겠다.

자살을 선택한 슬픈 영혼들에게

"나는 고등학교 입학금조차 낼 수 없는 가난한 집의 첫째 딸, 이런 나에게 미래가 있을까? 일본어도, 컴퓨터도, 기타도 배우고 싶다. 사랑하는 엄마, 죽는다는 것이 불효라는 걸 알아. 하지만 내가 없어지는 것이 돈이 없는 우리 가정에 다행일지도 몰라. 차라리 고아로 태어났으면 좋으련만, 차라리 거리의 풀 한 포기로 태어났으면 좋으련만, 차라리 바람에 휘날리는 모래 한줌으로 태어났으면 좋으련만."

창문조차 없는 비좁은 방에서 병든 어머니와 동생들을 부양하다가 자살을 선택한 15세 소녀 가장이 남긴 유서의 일부분이다.

정양이 소녀 가장이 된 것은 초등학교 3학년 때라고 한다. 노동자인 아버지가 돌아가시고, 어머니마저 뇌종양으로 쓰러지면서, 가족들은 정부에서 나오는 생계보조비로 생활을 하였다. 그러나 어머니의 병세가 악화돼 4000만 원 가량 빚을 지면서 아예 병원 치료를 포기해야만 되었다. 이러한 어려운 환경 속에서 지칠 대로 지친 15세 소녀의 마지막 선택은 결국 현실을 포기하는 것뿐이었다.

신문에 난 기사를 읽으며, 나도 모르게 눈물이 앞을 가렸다. 문학을 꿈꾸며, 정직과 성실로 살아온 어린 소녀에게 왜 이런 불행과 가혹한 형벌이 주어졌는지 세상은 참으로 불공평하다는 생각이 든다.

사람은 누구나 부자로 살기를 원한다. 그러나 가난한 집에서 태어난 사람은 출발부터가 가난하다. 다행히 몸이 건강하고 의지가 강한 사람이라면 역경을 헤치고 크게 성공할 수도 있지만, 설상가상으로 건강마저 잃고 나면 정말 절망적일 수밖에 없다.

가난에는 절대적 가난이 있고, 상대적 가난이 있다. 절대적 가난은 모두가 함께 가난하기 때문에 크게 억울할 것도 없다. 훗날 잘 살게 되면 오히려 아름다운 추억이 되기도 한다. 그러나 상대적 가난은 남들은 잘사는데 나만 가난하기 때문에 억울하고 절망적일 수밖에 없다.

60년대나 70년대는 가난하기는 했지만 대부분의 사람들이 함께 가난했기 때문에 희망이 있는 가난이었다. 그리하여 연탄가스로 죽는 사람은 많아도 자살을 하는 사람은 많지 않았다.

그러나 지금은 반대이다. 부모님의 꾸중을 듣고 아파트에서 뛰어내린 초등학생, 시험을 보지 않으려고 농약을 먹고 자살한 여중생, 성적을 비관하여 자살한 고등학생, 카드빚으로 고민하다 자살한 주부, 초등학교 교장, 대학 총장, 의사, 정치인, 기업인, 유명 탤런트, 시장, 도지사, 전직 대통령의 자살 등 이루 헤아릴 수가 없다.

통계에 의하면 우리나라에서 하루 평균 35명이 자살을 한다고 한다. 자살의 원인은 경제적으로 어렵고 파산을 하여 괴로움을 이기지 못해 자살을 하는 경우가 대부분이지만, 생명을 가볍게 아는 사회 풍조 때문이다.

자살을 하는 사람도 개인적으로 이유가 있고, 할 말이 많으리라고 생각한다. 그러나 문제는 하나밖에 없는 소중한 생명을 너무 함부로 하는, 의식에 문제가 있고, 생각에 문제가 있다. 생각을 어떻게 하느냐에 따라 감사할 수도 있고, 자살을 할 수도 있다.

초등학교에 근무하는 어떤 여교사가 실연을 당하여 자살을 하려고 했으나, 무당이 말하기를 "그 사람과 헤어진 것은 참 잘되었다. 곧 더 좋은 사람이 나타날 테니 걱정하지 말라."는 한 마디에 크게 용기를 얻어, 정말로 더 좋은 사람과 결혼을 했다고 한다.

사람은 하루 종일 별의별 생각을 하고, 오만 가지 생각을 한다. 그런데 매사를 긍정적으로 생각하는 사람은 일도 잘 풀리고 좋은 일이 많이 나타나는데, 눈을 흘기며 세상을 부정적으로 생각하는 사람은 일도 잘 풀리지 않고, 나쁜 일이 자주 나타난다고 한다.

나의 생각은 나의 운명을 결정하고, 나의 생활을 결정한다. 생각 한번 바꾸면 자살할 이유가 없고, 잘 살고 못 살고가 나의 생각에 달려있다.

어떤 사람이 죽지 않으려고 숲속으로 도망을 쳤으나 죽음은 숲속까지 따라왔다는 말처럼, 미리 앞당겨 죽지 않아도 어차피 죽음은 피할 수 없다. 바른 생각은 나의 생명과 나의 생활, 그리고 모든 불행을 예방할 수 있는 최고의 부적이 아닐 수 없다.

인생은 한 권의 책과 같다.
어리석은 이는 그것을 마구 넘겨 버리지만,
현명한 인간은 열심히 읽는다.
단 한번밖에 인생을 읽지 못한다는 것을
알고 있기 때문이다.

– 상 파울

무소유

대학 시절에 '샘터' 라는 월간지를 열심히 읽었던 기억이 난다. 책의 분량이 많지 않고, 값이 싸면서도 읽을거리가 많은 책이었다. 특히 법정 스님과 같은 종교계의 지도자들이나 사회적으로 존경받는 분들의 글이 많이 실렸기 때문에 더 인기가 있었던 것으로 기억한다.

법정 스님의 글은 우선 읽기가 쉽고 편하다. 그리고 직업적인 문장가나 수필가의 글이 아니기 때문에 더욱 신선하게 느껴지고, 아무 것도 가진 것이 없는 가난한 수행승의 글이기 때문에 더욱 맑고 향기롭게 느껴진다.

법정 스님은 해인사에서 수도를 할 때 관광객 중 한 사람이 팔만대장경 경판을 빨래판 같다는 말을 듣고 '쉬운 우리말로 부처님의 말씀을 전해야겠다.' 는 생각을 했다고 한다. 아무리 좋은 글이라 하더라도 어려운 한문을 모르는 사람들에게는 경판이 아니라 빨래판이나 마찬가지기 때문이다.

법정 스님은 일생 동안 〈산에는 꽃이 피네〉와 같은 법문집과 〈영혼의 모음〉, 〈무소유〉, 〈서 있는 사람들〉, 〈말과 침묵〉, 〈산방 한담〉, 〈물소리 바람소리〉, 〈텅빈 충만〉, 〈그물에 걸리지 않는 바람처럼〉, 〈버리고 떠나기〉, 〈새들이 떠나간 숲은 적막하다〉, 〈오두막 편지〉, 〈홀로 사는 즐거움〉, 〈아름다운 마무리〉 등을 펴내어 많은 사람들에게 감동과 교훈을 주었다.

"글은 곧 사람을 나타낸다."는 말처럼 법정 스님은 단 한 줄의 글도 성실한 자세로 온갖 정성을 다하여 쓰신 것 같다. 조급한 마음으로 발표에 급급하지 않고, 아마 자신의 양심에 비추어 조금이라도 마음에 들지 않으면 수없이 고치고 또 고치며 글을 쓰셨으리라.

대부분의 글들은 바르게 살고, 지혜롭게 살고, 행복하게 살자는 내용으로 쓴 글들이 많다. 그러나 자신은 바르게 살지 않으면서 '바르게 살자' 고 하면 사람들의 비웃음을 사고, 자신은 지혜롭게 살지 않으면서 '욕심을 비우고 지혜롭게 살자' 고 하면 누가 감명을 받겠는가? 법정 스님의 글은 모두가 실천의 글이기 때문에 읽는 사람을 감동시키고 읽을수록 맛이 있다.

법정 스님의 많은 글 중에서도 최고의 글은 역시 〈무소유〉다. 법정 스님께서 열반한 후에 많은 사람들이 〈무소유〉를 찾은 것도 작품의 내용이 너무나 훌륭하기 때문이다.

특히 이 책은 김영한 보살과의 인연 때문에 더욱 널리 알려지게 되었다. 서울에 사는 김영한이라는 분은 당시 최고의 지식인이자 조선일

보 기자인 백석이라는 시인과 사랑을 나누었다. 그러나 안타깝게도 백석의 부모님께서 반대하여 평생 동안 혼자 살면서 삼청동의 대원각이라는 음식점을 운영하여 많은 돈을 모았다.

나이가 들어 미국에 다녀오다가 비행기 안에서 우연히 법정 스님의 〈무소유〉를 읽고 크게 감명을 받아 자신의 전 재산을 희사하고 싶다고 했다. 그러나 스님께서는 완강히 사양을 하여, 몇 차례 간청을 하여 1000억원 상당의 재산을 희사하였다.

법정 스님은 그 곳에 '길상사' 라는 유명한 절을 지어 많은 사람들에게 맑고 향기롭게 살아가도록 하고 있다. 김영한 보살이나 법정 스님은 우리 곁을 떠났지만 아직도 두 분의 '무소유' 정신은 많은 사람들에게 깊은 감동을 주고 있다.

소유는 인간에게 무한한 기쁨과 즐거움을 준다. 로또 복권의 당첨은 고사하고 길을 가다가 만원짜리 지폐 한 장만 주워도 하루가 즐겁고, 내가 가지고 있는 볼펜 하나만 잊어버려도 하루 종일 옆 사람을 의심하며 괴로워하는 것이 인간의 마음이다. 따라서 인간의 소유욕은 모든 문명을 발전시킨 원동력이 되었지만 지나친 소유욕 때문에 일생을 불행하게 살다가 죽은 사람도 많다.

법정 스님의 말씀대로 사람은 너무나 많은 것을 소유하고 산다. 통계에 의하면 한 사람이 대략 만개 정도의 물건을 소유하며 산다고 하는데, 의식주 생활에 필요한 물건은 당연히 소유를 해야 하지만 당장 필요도 없는 물건조차도 지나치게 많이 소유하고 있는 것이 문명인들의 공통점이다.

법정 스님께서 강조한 '무소유'는 "아무 것도 가진 것이 없이 발가벗고 살라는 뜻이 아니라, 소유는 하되 지나치게 욕심 부리지 말라."는 뜻이라고 한다. 옷으로 비유하자면 추운 겨울에 옷 한 벌 없이 가난하게 살라는 뜻이 아니라, 추위를 면할 정도로 적당히 입고 다니라는 뜻이다. 혼자 열 벌 스무 벌을 껴입고 뒤뚱거리며 돌아다니지 말라는 것이다.

사람은 아무리 '무소유'를 주장한다 하더라도 돈이나 물질로부터 완전히 자유로울 수는 없다. 인간의 육신 자체가 물질로 되어 있기 때문이다. 따라서 어쩔 수없이 물질의 지배를 받더라도 절반 정도만 받고 살았으면 한다.

돈이 많고 부자로 살아가면서도 말끝마다 '돈 돈 돈' '더 더 더'를 최고의 좌우명으로 삼고 살지 말고, '무소유'를 좌우명으로 삼고 살아가는 사람이 많았으면 한다.

은혜로운 삶

고등학교 2학년 때 진로 때문에 많은 고민을 하였다. 좋은 대학에 들어가고 싶은데 성적은 오르지 않고 하루하루가 불안하기만 하였다. 책이 싫고 학교가 재미가 없었다.

그때 친한 친구가 내가 진로 때문에 고민을 하는 것을 보고 대학 노트에 장장 10페이지 분량의 편지를 써서 가방에 넣어주었다. 집에 와서 편지를 읽어보니 "지금은 비록 힘들지만 열심히 공부해서 반드시 좋은 대학에 합격하자."는 우정 어린 내용의 편지였다. 편지를 읽고 나도 모르게 마구 눈물이 나왔다. 나를 이해해주고 격려해준 친구가 너무 고마웠기 때문이다.

몇 달이 지났다. 남성고등학교에 다니는 친구가 원불교에 가자고 했다. 그 친구 역시 한 번도 나가 본 적이 없지만 자기가 존경하는 담임 선생님께서 원불교에 다니기 때문에 한번 알아보기 위해 가자는 것이었다. 우리 두 사람은 누가 인도하는 사람도 없이 일요일 아침에 이리

교당에 나갔다. 학생회가 있는 줄도 모르고 어른들이 다니는 일반법회에 나간 것이다. 얼마 후 학생회는 토요일에 한다는 말을 듣고 토요일에 맞추어 교당에 다니게 되었다.

그런데 참 이상한 일이었다. 원불교는 왠지 궁금한 점이 많았다. 얼핏 보면 불교 같은데 원자가 붙어 불교는 아닌 것 같고, 법당도 절같이 보이는데 부처님이 모셔져 있지 않고 일원상이 모셔져 있는 것도 이상하였다.

나도 모르게 원불교에 대하여 연구를 하고 싶은 생각이 들어 시간만 있으면 교전을 읽었다. 그리고 교전에 있는 '물질이 개벽되니 정신을 개벽하자.' 나 '원망생활을 감사생활로 돌리자.' 는 내용을 읽고 느끼는 바가 많았다.

원불교는 법회를 시작하기 전에 입정을 한다. 그런데 그 당시 입시에 대한 부담감으로 마음이 불안했었는데 입정시간이 되면 마음이 차분히 가라앉고, 정신이 맑아지며, 불안한 마음이 많이 사라졌다. 자연히 법회가 기다려지고 재미가 있었다. 그리고 교당에 다녀오면 아무 잡념이 없이 공부가 잘되었고, 성적이 오르고 학교 생활도 즐거웠다.

3학년이 되어 진학문제로 고민을 하였다. 그리고 1학기가 지나고 2학기가 되어 원광대 원불교학과에 진학하기로 결심을 하고, 아버님께 말씀을 드렸더니 예상한대로 크게 반대를 하셨다. 절의 스님처럼 출가를 하는 것으로 오해를 하신 것이다.

진로 때문에 또 다시 마음에 혼란이 왔다. 그렇다면 원불교도 열심히 다니고 부모님의 뜻도 따르려면 어떻게 해야 하나? 궁리 끝에 공주사대 국어교육과에 진학하기로 결심을 하였다.

그런데 막상 대학에 갔더니 공주에는 교당이 없어 할 수 없이 일요일에 대전에 있는 교당에 다녔다. 그리고 그것도 여의치 않아 포기를 하고, 학교 서클인 '대학생 불교사상연구회' 라는 모임에 나가게 되었다.

불교사상연구회는 매주 토요일 오후에 공주에 있는 포교당에 모여 법회를 보고, 방학 때는 마곡사, 갑사, 수덕사 등에 가서 1주일씩 수련을 하며 끝날 때는 1080배를 하는 등 나름대로 재미가 있었다.

대학교를 졸업한 후, 군대생활을 마치고, 대학원 문제로 서울에 갔다. 그리고 돈암교당 청년회에 나가 법회를 보다가 1년 후에는 청년회장을 맡게 되었다.

서울 생활을 마치고, 익산고등학교에 근무를 하게 되었다. 그런데 다행히 금마교당이 있어 찾아갔더니 일반법회만 보고 학생회는 없다고 하여 학생회를 조직하여 법회를 보게 되었다. 그리고 많은 학생들이 입교하여 법회를 보았고, 많은 성과를 거두기도 하였다.

이때 총부의 청소년국장으로 계신 장연광 교무님께서 청소년 교화를 활성화시키기 위해서는 원불교 교사회를 만들면 교화에 도움이 되리라 생각하고 1989년 1월에 원불교 교사회를 창립하게 되었다.

그런데 당시에는 숫자가 10여 명밖에 되지 않아 마땅히 회장을 맡을 적임자가 없고 서로 사양을 하여 불가피하게 내가 하기로 내정이 되어 고민을 하고 있었는데 마침 원광고등학교 김대종 선생님이 오셔서 만장일치로 회장으로 추대를 하고 나는 부회장을 맡게 되었다.

그런데 원불교 교사회가 창립될 당시 마침 원광고등학교에 국어교사 자리가 있어 교사회 활동도 할 겸 학교를 옮기게 되었다. 그리고 마침 집에서 가까운 영등교당에 다시 학생회를 조직하여 3년 동안 열심히 법회를 봐주게 되었다. 나의 인생에 커다란 희망을 준 은혜와 고마움에 조금이라도 보답을 하기 위해서였다.

생각하면 생각할수록 나는 원불교와 전생의 인연이 있었던 것 같다. 처음에 친구가 가자고는 했지만 사실 친구는 토요일에 '고전독서회'라는 모임이 있어 나 혼자 다니게 되었고, 특별히 아는 친구도 없는데 끝까지 다닌 것을 생각해보면 대단한 인연이 아닐 수 없다.

그리고 많은 학교 중에서도 내가 좋아하는 원불교 교립학교에서 학생들을 가르치게 된 것은 더욱 큰 축복이 아닐 수 없다. 그것도 지금은 교립학교의 책임자가 되었으니 원불교의 교육이념으로 학생들을 잘 가르치라는 뜻으로 알고 보은의 기회로 삼고자 한다.

원불교는 전남 영광의 박중빈 소태산 대종사님께서 스스로 대각을 하신 후 만든 종교로 '사은의 크신 은혜를 깨달아 원망생활을 감사생활로 돌리자.'는 것과 '마음공부를 통하여 물질의 노예생활에서 벗어나 낙원생활을 하자.'는 것이 원불교의 교리이다.

신앙은 내용도 좋아야 하지만 일단은 성격이 맞아야 한다. 아무리 쇠고기가 맛이 있다고 하지만 싫어하는 사람에게는 맛이 없는 것이고, 김치가 맛있다고 하지만 서양인들은 냄새가 난다고 싫어하는 것처럼 성장과정과 성격, 문화를 무시할 수 없다.

신앙은 뭔가 은혜가 있어야 한다. 몸이 아픈 사람이 신앙을 통하여 건강해졌거나, 아들을 못 낳는 사람이 아들을 낳았거나, 사업이 안 되던 사람이 사업이 번창을 하거나, 나처럼 정신적으로 방황을 하다가 안정이 된 경우 누구나 자기가 믿는 신앙에 대하여 감사를 느끼지 않을 수 없다.

신앙인은 실천가라야 한다. 입으로는 "욕심을 버리자"고 하면서 욕심을 부리거나 "원망생활을 감사생활로 돌리자"고 하면서 원망을 한다면 진정한 신앙인이 아니다. 불경이나 성경을 줄줄줄 외우는 것이 중요한 것이 아니라 반드시 선을 실천해야 한다.

나는 부처님이나 대종사님처럼 크게 대각을 하거나 중생을 구제하기는 벌써 틀렸다는 것을 누구보다 잘 알고 있다. 그러나 사은의 크신 은혜를 깊이 깨달아 원망생활을 감사생활로 돌리며 살고자 한다.

나는 원불교를 통하여 내 인생에 많은 변화가 있었고, 원불교를 통하여 많은 은혜를 받았다. 그리고 현재도 교립학교에서 감사한 마음으로 근무하고 있다. 이 모두가 사은의 크신 은혜라 생각하며 항상 감사를 드리고 있다. 지금도 성가 48장에 나오는 득도가를 들으면 고등학교 시절이 생각나고, 나도 모르게 눈물이 나온다.

어둔 길 괴로운 길 헤매이다가
즐거이 이 법문에 들었나이다.
이 몸이 보살되고 부처되도록
나아갈 뿐 물러서지 말게 하소서.

목우도

토요일 오후, 가족들과 함께 봉동에 있는 봉서사鳳棲寺에 갔다. 진묵대사께서 계셨다는 절이어서 진즉부터 찾아보려고 했으나 지척이 천리란 말처럼 늦게야 절을 찾게 되어 왠지 미안한 생각이 들었다.

대웅전에 들어가 참배를 하고 밖으로 나와 건물을 한 바퀴 돌며 절을 둘러보았다. 역사는 오래 되었다고 하나 건물은 지은 지가 얼마 되지 않아 단청과 벽화가 선명하였고, 벽에는 어느 절이나 흔히 볼 수 있는 목우십도가 그려져 있었다. 마침 함께 간 딸이 무슨 그림이냐고 묻기에 설명을 해 주었지만 막상 설명을 하려고 하니 쉽지가 않았다.

목우십도송牧牛十圖頌은 명나라 때의 보명화상普明和尙이 사람의 마음을 소로 비유하여, 마음을 깨달아 가는 과정을 열 장의 그림으로 설명하였다. 송나라 때의 곽암사원廓庵師遠 선사가 남긴 심우도尋牛圖와 함께 마음 공부를 하는 수행자들에게 좋은 길잡이가 되는 그림이다.

목우도는 10단계로 나뉘어져 있다. 즉 1단계는 미목未牧의 단계로 사람의 마음은 어리석고 사납기만 하여 마치 투우장에 나타난 소처럼 남에게 해를 끼치는 등 제멋대로 생각을 한다고 한다.

그러나 이처럼 길들여지지 않은 어리석은 마음도 사나운 소에 코를 뚫어 길들이듯 마음을 다스려 나가면, 3단계인 수제受制의 단계에서는 차차 길이 들고 사물의 이치를 깨닫는 등 철이 든다고 한다. 그러나 지금까지의 과정을 거쳐 많이 수양이 되었다 해도 절대로 방심하면 안 된다는 것이 4단계인 회수廻首의 단계이다.

사람은 약간의 수행으로 금방 깨달음을 얻은 듯 하나 막상 어려운 경계에 부딪치면 탐진치貪瞋痴의 삼독심三毒心이 순식간에 되살아나기 때문에 마음의 고삐를 늦추어서는 안 된다는 것이다.

이러한 과정이 지나고 나면 이제 목동이 고삐를 끌지 않아도 스스로 따라 온다는 순복馴伏의 단계에 접어들게 된다. 그리하여 목동은 한가로운 마음으로 푸른 소나무 아래에 앉아 아무 걸림 없이 무애無碍의 경지에 이르게 되고, 7단계인 임운任運의 단계에 들어서면 소가 스스로 풀을 뜯어 먹고 물을 마시는 자유의 경지에 들어서게 된다.

그리고 9단계인 독조獨照의 단계에 가면 이젠 소는 간 곳 없고 목동만이 한가로이 밝은 달을 즐기게 되며, 마지막인 10단계에서는 소도 없고 사람도 없이 오직 일원상만 뚜렷한 쌍민雙泯의 단계에 들어서게 된다고 한다.

흔히 인생을 비유하여, 끝없이 넓은 바다에서 거친 파도와 싸우며 살아가는 것과 같다고 한다. 그리하여 세파에 시달리다 보면 심신이 지치기도 하고, 혹은 절망에 빠지기도 하여 문득 '내가 누구인가' 하며 자신을 되돌아보기도 한다.

그리고 차라리 훌훌 속세를 벗어나 깊은 산속으로 들어가고 싶은 충동이 들 때도 있다. 그러나 지금까지 맺은 많은 사람들과의 인연을 송두리째 끊어버리고 출가를 한다는 것도 보통사람들로서는 상상하기조차 어려운 일이다.

스님들은 일생 동안 진리를 깨닫고 마음의 자유를 얻고자 처절하리만큼 무서운 고행을 한다. 그리고 이러한 자신과의 싸움에서 최초로 깨달음을 얻은 분이 바로 석가모니 부처님이며, 지금도 많은 스님들이 부처의 경지에 이르기 위해 용맹 정진을 하고 있다.

해인사에 가면 45년 동안 설법한 부처님의 말씀을 새긴 팔만대장경이 있다. 그런데 이러한 방대한 양의 팔만대장경을 한 마디로 줄여 표현한다면 마음 심心자 한 글자로 요약할 수 있다고 한다.

그러므로 불교에서 말하는 모든 진리란 궁극적으로 마음이 곧 부처라는 심즉불心卽佛과, 마음이 모든 것을 좌우한다는 일체유심조一切唯心造의 진리를 알기 쉽게 설명한 것이라고 생각한다.

마음의 이치는 비단 불교에서만 강조한 것이 아니라 동양 사상의 기본이 되는 노장사상이나 공맹사상, 주희의 성리학도 결국 마음의 원리를 깨달아 이를 바르게 사용해야 한다는 것이며, 서양에서 말하는 프로이드의 심리학 역시 마음의 이치를 과학적으로 분석하고 설명한 것이라 생각된다.

사람의 마음은 참으로 신비롭고 불가사의不可思議하기만 하다. 눈으로 볼 수도 없고, 귀로 들을 수도 없으나 기뻐하고, 슬퍼하며 때로는 남을 미워하고 사랑하는 것을 보면 신기하기만 하다.

사람의 마음이 이처럼 오묘하고 신비스러운 것은 뭐니뭐니해도 인간의 마음이 일정하게 고정되어 있는 것이 아니라 순간순간 시시각각으로 변화되기 때문이라고 생각한다. 일일삼천심一日三千心이란 말처럼 하루에도 수천 번씩 변덕을 부리기 때문이다.

나는 아직도 내 마음을 스스로 다스리지 못하고, '나'라고 하는 작은 울타리 속에서 희로애락을 즐기며 살아가고 있는 어리석은 중생의 한 사람이다. 그리고 지금까지 세상을 살아오면서 내 나름대로 만든 두꺼운 색안경을 쓰고, 마치 내가 알고 있는 모든 것들이 절대적인 진리나 되는 것처럼 편견과 어리석음을 반복하며 살아가고 있다.

목우도 그림을 보며 '나의 마음은 지금 몇 단계에 와 있는가' 자문해 본다. 그리고 하루 빨리 내 마음속에 들어 있는 검은 소를 길들여 흰 소가 되도록 해야겠다. 그리고 먼 훗날에는 소도 없고 나도 없는 텅빈 마음으로 세상을 살았으면 한다.

꽃동네

가족들과 함께 충북 음성에 있는 '꽃동네'에 갔다. 이미 널리 알려진 것처럼 꽃동네는 천주교 재단에서 운영하고 있으며, 의지할 곳 없는 불쌍한 노인들을 보호하고 있는 우리나라 최고의 복지시설이다.

초행길이어서 몇 번을 물어 입구에 들어서니 '얻어먹을 수 있는 힘만 있어도 그것은 주님의 은총입니다.'라는 글귀가 큰 돌에 새겨져 있고, 그 아래에 거지 차림을 한 최귀동 할아버지의 동상이 세워져 있어 가슴이 뭉클하였다. 아마 세계 어느 곳에도 거지의 신분으로 동상까지 세워진 예는 흔치 않으리라는 생각이 든다.

도착하여 수녀님의 설명을 들으니 이곳에는 무의탁 노인들이 약 2500명 정도 있는데, 매일 자원 봉사를 하는 분들만 해도 이천 명이 넘는다고 한다.

꽃동네는 오웅진이라는 젊은 신부와 최귀동이라는 거지의 운명적 만

남에서 시작되었다고 한다. 어느 날 저녁 무렵이 되어 오 신부가 성당 앞을 바라보고 있는데, 허리가 굽은 늙은 거지 한 사람이 깡통을 들고 다리를 절뚝거리며 그 앞을 걸어가고 있었다. 오 신부는 그들이 어떻게 살아가고 있는가 궁금하여 몸을 숨기고 노인의 뒤를 따라가 보았다.

노인은 성당 뒷산인 용담산 밑에 있는 어느 초라한 움막 안으로 들어갔다. 오 신부는 자기도 모르게 움막 안으로 따라 들어가 그 안을 들여다 보았다. 그런데 놀랍게도 그 안에는 뼈만 앙상한 여인과, 영양실조로 서지도 못하는 아이가 기어다니고 있었으며, 웬 사내가 퀭한 눈으로 누워 있었다.

그리고 옆 움막에는 앞을 보지 못하는 장님과 절름발이, 정신질환자, 중풍 걸린 노인 등 열여덟 명의 거지들이 모여 살고 있었다. 사정을 알고 보니 최귀동 노인은 삼십여 년 동안 구걸조차 다니지 못하는 병든 거지들을 위해 그들의 보호자 역할을 하고 있었던 것이다.

다음 날 오 신부는 크게 느낀 바가 있어 주머닛돈 천 삼백 원을 들여 시멘트를 사고 블록을 찍어 '사랑의 집'을 짓기 시작하였다. 그런데 집을 짓다보니 동네 유지들이 심하게 반대를 하기도 하고, 거지 두목이 돈을 내놓으라고 윽박지르는 등 어려움이 한두 가지가 아니었다. 그러나 오 신부는 그러한 문제들을 슬기롭게 극복하고, 약 3천 명의 무의탁 노인들을 보살피는 오늘의 꽃동네를 탄생시켰던 것이다.

최귀동 노인은 이곳 무극리의 부유한 가정에서 외아들로 태어났다고 한다. 그런데 일제 때 강제 징용을 당해 북해도 탄광으로 끌려가게 되었다. 그리고 힘든 노동에 견디다 못해 도망을 치다가 붙잡혀 모진

고문을 당하게 되었다.

정신병자가 된 최귀동 노인은 신의주로 보내져 병든 몸을 이끌고 고향으로 돌아오게 되었다고 한다. 그런데 이미 가정은 일제에 의해 풍비박산이 되어 버렸고, 의지할 곳조차 없는 그는 무극천 다리 밑에서 거지 생활을 하게 되었다. 거지가 된 최귀동 노인은 자기도 어려운 처지였지만, 길가에서 죽어가는 거지를 보면 들쳐업고 움막으로 데려가 돌보는 등 불쌍한 사람들을 위해 많은 선행을 하여, 마을 사람들은 그를 거지라 부르지 않고 천사라 불렀다 한다.

수녀님의 설명을 들으며 노인들이 생활하고 있는 모습을 보니 거동이 불편하고 대소변조차 가리지 못하는 중풍 환자들이 많았으며, 숟가락을 들 수 없어 일일이 밥을 떠먹여야 하는 분들도 많았다. 그런데 누구 하나 돌볼 사람이 없는 무의탁 노인들이어서 질병과 외로움, 그리고 경제적 어려움으로 이중 삼중의 고통을 받고 있었다.

어떤 분은 일류 대학을 나온 인텔리 독신 여성으로서 아쉬움 없이 살았으나, 어느 날 갑자기 중풍 환자가 되어 그동안 벌어 놓은 돈은 모두 약값으로 탕진을 하고 도저히 의지할 곳이 없어 이곳에 온 사람도 있고, 어떤 노인은 거의 죽기 직전에야 자기 아들이 유명 대학 교수라고 실토를 하여 모셔가도록 연락한 일도 있다고 한다.

두 시간 정도 이곳 저곳을 돌아보고 나니, 세상에는 정말 어렵고 힘들게 살아가는 사람들이 많고, 누군가 그들을 보살피고 돕지 않으면 안 된다는 생각과 함께 다시 한번 최귀동 노인과 오웅진 신부의 모습이 한없이 숭고하게 느껴졌다.

우리는 흔히 인간은 누구나 평등하다고 한다. 그러나 그것은 하나의 이상일 뿐 현실적으로는 많은 차이가 있다. 몇 천억의 돈을 가지고 있는 사람이 있는가 하면, 당장 라면 하나 사먹을 돈이 없는 가난한 사람도 있고, 왕후장상처럼 지위가 높은 사람이 있는가 하면 노예처럼 팔려 다니는 사람이 있으며, 학식이 많은 사람이 있는가 하면 전혀 배움이 없는 사람도 있다. 그런데 돈이 많고, 건강하며, 학식이 많은 사람이 훌륭한 일을 해서 존경받는 예는 많이 있으나, 최귀동 노인처럼 아무 것도 가진 것이 없는 거지의 신분으로 남을 돕고 존경을 받는다는 것은 거의 드문 일이라 생각된다.

사람은 누구나 인생을 바라보는 가치관이 다르고 살아가는 방식 또한 다르다. 따라서 어떻게 사는 것이 가장 바람직한 삶인가에 대해서는 나름대로 견해차가 있으리라고 생각된다.

그러나 한 가지 분명한 것은 누구나 남을 돕고자 하는 마음은 있으나 실천하기는 매우 어렵다는 점이다. 따라서 누가 알아주는 것도 아닌데 그 모든 어려움을 감수하면서 오늘의 꽃동네를 이룩한 최귀동 노인과 오웅진 신부야말로, '어떻게 세상을 살아가야 하는가' 에 대한 명쾌한 답을 보여주신 분이라고 생각된다.

꽃동네를 다녀와서 참으로 배운 점이 많다. 지금까지 내 자신을 위해서는 열심히 살아왔지만 남을 위해서는 너무나 무관심했다는 생각이 들어 부끄러웠다.

지금 이 순간에도 남을 위하여 묵묵히 희생하고 봉사하며 실천하는 분들의 덕택으로 사회가 유지되고 있다는 생각이 든다.

반야송

동서고금을 통하여 인류에게 가장 많은 존경을 받고 있는 분은 두말 할 필요도 없이 4대 성현들이 아닐 수 없다. 그리고 그분들의 가르침은 지역과 시대를 초월하여 현재도 가장 위대한 진리로 감동을 주고 있다.

사람은 매일 밥을 먹고, 일을 하며, 잠을 잔다. 그런데 어떤 사람이 밥을 먹으라고 하면 먹고, 일을 하라면 하고, 자라고 해야 잔다면 과연 나의 존재란 무엇인가? 죽으라면 죽고 살라고 해야 사는 것이 우리 인간이라면, 사람은 아무 의지도 없는 허수아비요 꼭두각시가 아니고 무엇이랴. 따라서 인간의 운명은 나의 마음과 나의 생각이 스스로 결정하는 것이며, 사람의 마음처럼 위대한 것은 없다는 생각이 든다.

석가모니 부처님께서는 깨달음을 얻은 후 무려 45년 동안이나 설법을 하였다. 그리하여 불교는 화엄경, 아함경, 반야경, 법화경 등 그 종류가 많고 내용이 방대하며, 그 중에서도 반야심경과 금강경이 담겨 있는 반야 육백부는 무려 21년간이나 설법을 할 정도로 중요한 경전으로 알려져 있다.

반야심경般若心經의 '반야般若'는 산스크리트어 즉 인도어인 '푸라쥬나prajna'의 음역으로 '밝은 지혜智慧'를 의미하며, 지혜를 상징하는 관자재보살과 지혜 제일이라 불리는 사리자舍利子와의 문답으로, 불과 260자밖에 되지 않는 짧은 경전이면서 최고의 경전으로 손꼽히고 있다.

불교는 신앙보다는 깨달음 즉 수행을 중요시한다. 삼학三學이라 일컫는 계율을 지키고, 선정禪定을 통하여 지혜智慧 즉 깨달음을 얻으면 누구나 부처가 될 수 있다고 한다. 따라서 불교인들이 열심히 선禪을 닦는 목적은 바로 지혜智慧를 얻기 위함이다.

그런데 불교를 믿는 사람들이 하루에도 몇 번씩 반야심경을 외우고, 각종 의식이 있을 때마다 염송을 하면서도 탐진치貪瞋痴의 고통에서 벗어나지 못하는 것은 무슨 까닭인가? 참으로 안타까운 일이 아닐 수 없다.

어떤 사람이 횃불을 들고 가는데 갑자기 뒤에서 바람이 불어 얼굴에 큰 화상을 입게 되었다. 그런데 이 사람은 자기가 횃불을 드는 방법을 몰라 불행하게 되었음을 깨닫지 못하고, 횃불을 만든 사람을 원망하거나 갑자기 불어온 바람을 원망하고 있으니 어리석은 사람이 아닐 수 없다.

이는 마치 과속 운전이나 음주 운전을 하여 사고를 낸 사람이 자신의 잘못을 깨닫지 못하고, 이를 운명이라고 생각하거나 자동차를 만든 사람을 원망하는 것과 같다.

또, 어떤 사람이 독화살을 맞았는데 이를 뽑을 생각은 하지 않고, 이

화살을 누가 쏘았으며, 어느 방향에서 날아왔는지를 확실히 밝힌 뒤에 뽑겠다고 한다. 모든 일에는 지금 당장 해결해야 할 일이 있고 천천히 해도 될 일이 있다. 그런데 어리석은 사람은 일의 순서를 알지 못해 많은 고통을 당하게 된다.

뗏목의 비유도 마찬가지다. 어리석은 사람은 뗏목을 타고 강을 건넌 뒤에 뗏목이 고맙다고 머리에 이고 가려고 한다. 그 자리에 놓고 가면 본인도 편하고 다른 사람도 고맙게 이용할 수 있는데, 뗏목을 이고 먼 길을 가느라 온갖 고생을 하게 된다.

두 여인이 솔로몬 왕에게 와서 "이 아이는 저의 아이입니다."라고 하였다. 즉 한 아이를 두고 서로 자기의 아이라고 우겼던 것이다. 왕은 고심 끝에 아이를 반씩 나누어주겠다고 하였다. 그러자 진짜로 아이를 낳은 어머니는 깜짝 놀라 그 아이를 저 여인에게 주라고 하였다. 그러자 왕은 그 여인에게 네가 아이의 진짜 어머니라고 하며 아이를 돌려주었다.

세상에는 지혜가 많은 사람보다는 지식이 많은 사람이 많다. 사물의 전체를 보지 못하고, 부분만 보고 진리라 믿고 사는 사람이 너무나 많다. 그리하여 행복한 사람보다는 불행하게 일생을 살아가는 사람이 많다.

나는 지식이 많은 사람보다는 지혜가 많은 사람을 좋아한다. 비록 명문대학을 졸업하지 않았고, 머리에 전문적 지식이 부족하다 하더라도, 남을 배려할 줄 알고, 겸손한 마음으로 자기를 낮출 줄 알며, 앞으로 일어날 일을 예견할 줄 아는 사람을 좋아한다.

나이는 노력하지 않아도 먹는다고 한다. 나 역시 아무 노력한 바 없이 지천명知天命이라 불리는 오십이 지났다. 앞으로 살아갈 날보다는 이미 살아온 날이 많은 나이인 것이다.

지난 날을 돌이켜 보면 그 때는 왜 그렇게도 어리석고 지혜가 없었던가? 하고 후회되는 일이 한두 가지가 아니다. 그러나 이미 열차가 떠난 뒤에 손을 들어봐야 소용이 없는 것처럼, 이미 지나간 일을 후회한들 무슨 소용이 있겠는가?

오늘도 '반야심경'을 외우며, 지혜롭게 살아가는 하루가 되었으면 한다.

경계를 경계하다

사람은 일상생활에서 경계警戒라는 말을 많이 사용한다. '그 사람 큰 일 날 사람이야, 미리 경계해야겠어.' 또는 '적이 나타날지 모르니 경계를 게을리 하면 안 된다.' 고 말하기도 한다. 즉 경계란 '경고하다, 경보를 울리다, 경찰서' 등의 의미로, '잘못 되는 일이 일어나지 않도록 미리 마음을 가다듬어 조심한다.' 는 뜻으로 사용하고 있다.

그런데 불교에서 말하는 경계境界란 '주의하다' 라는 뜻과는 전혀 관계가 없는 다른 의미로 사용하고 있다. 원불교 용어사전에 의하면 "경계境界란 인과의 이치에 따라서 내가 부딪치게 되는 생활상의 모든 일들, 곧 생로병사, 희로애락, 빈부귀천, 시비이해, 부모형제, 춘하추동을 가리킨다."고 되어 있다. 안이비설신眼耳鼻舌身인 사람의 눈, 귀, 코, 혀, 몸으로 알고 느끼는 빛깔, 소리, 향기, 맛, 감촉 등을 가리켜 경계라 부르고 있다.

따라서 사람이 갑자기 어떤 일을 당하여 마음에 변화가 오거나 갈등을 느끼는 경우에는 '경계境界를 당했다.' 고 하고, 주의를 하기 위해서는 '경계警戒를 해야 된다.' 고 해야 된다.

이문열 씨가 편역한 〈삼국지〉 1권에 다음과 같은 일화가 있다.

주인공인 유비가 공부를 마치고 고향으로 가게 되었다. 그런데 늦은 가을이어서 날씨도 싸늘한데 마침 개울이 나와 바지를 걷고 냇물을 건너게 되었다. 길을 떠나려고 하는데, 어떤 노인 한 분이 큰 소리로 유비를 부르며 냇물을 건네 달라고 하였다.

유비는 잠시 망설이다가 다시 냇물을 건너 노인을 업고 물을 건너게 되었다. 그런데 냇물을 건너 자리에 앉게 된 노인은 자기가 가지고 오던 보따리를 놓고 왔으니 다시 건너편으로 가자고 요구하였다. 서로 알지도 못하는 처지에 한번 건네준 것만 해도 크게 인심을 쓴다고 생각하고 건네주었는데 다시 업고 가라니 은근히 화가 치밀어 올랐다. 그러나 유비는 내색을 하지 않고 노인을 업고 냇물을 건너 보따리를 챙겨 가지고 왔다.

이 일화에서 우리는 유비가 어려운 경계境界를 당하여 이를 슬기롭게 극복했다는 교훈과 함께 매우 참을성이 있고 사려가 깊은 사람임을 알 수가 있다. 보통 사람이라면 대부분 바쁘다고 핑계를 대고 달아날 것이며, 그렇게 되면 애써 선행을 하고도 유비는 유비대로 노인은 노인대로 서로를 원망하게 될 것이기 때문이다.

유명한 선승 가운데 경허 선사라는 분이 있다. 그분은 어린 시절에 절에 맡겨져 고된 일을 하며 절 생활을 하는데 한 번은 그 절에 박처사라는 유학자 한 분이 요양을 오게 되었다.

꿈을 밀고나가는 힘은
이성이 아니라 희망이며
두뇌가 아니라 심장이다.

– 도스토예프스키

경허선사의 어렸을 때 이름인 동욱은 그분이 하루 종일 책을 읽는 것이 부럽고 존경스러워 매일 짚신을 한 켤레씩 만들어 댓돌 위에 올려놓았다. 며칠이 지난 뒤에 한 번은 그분이 자기 방으로 들어오라고 하였다. 동욱은 어린 소견에 무슨 큰 칭찬이나 받을 줄 알고 기쁜 마음으로 방에 들어갔다. 그랬더니 박처사는 그 때까지 만들어다 바친 짚신을 하나도 신지 않고 쌓아 두었다가 얼굴에 던지며, "누가 너보고 이런 짓을 하라고 시켰느냐?"며 앞으로는 절대로 이런 짓을 하지 말라고 호통을 쳤다.

어린 동욱은 화가 치밀어 오르며 도대체 내가 무엇을 잘못했단 말인가? 하며 밤새껏 잠이 오지 않았다. 그러나 동욱은 아마 그분이 뭘 잘 못 알고 실수를 했겠지 하는 마음으로 다음 날 또 한 켤레를 만들어 댓돌 위에 올려놓았다.

아니나 다를까 저녁때가 되니 다시 동욱을 불렀다. 동욱은 또 혼이 나려니 생각을 하면서 조심조심 방안으로 들어갔다. 그랬더니 오늘은 매우 부드러운 목소리로 "어제는 내가 미안했다. 네가 보통 아이가 아닌 것 같아서 얼마나 심지가 굳은 아이인가 시험해보려고 그랬으니 이해를 해라."고 하며 그 때부터 열심히 문자를 가르치며 공부를 시켰다.

이 일화에서도 어린 동욱은 전혀 예기치 않은 어떤 상황, 즉 경계를 당하여 이를 잘 참고 슬기롭게 넘긴 셈이다.

어떤 회사에서 신입 사원을 뽑는데 서류심사와 필기시험을 마치고 마지막으로 최종 면접을 하게 되었다. 그런데 회사에서는 오전 9시까지 나와 대기를 하라고 지시를 해 놓고 1시간이 지나고 2시간이 지나도 아무 연락이 없었다. 그러니까 면접을 받으러 온 사람들이 처음에는 긴장을 하고 참고 있었지만 시간이 지나니까 자연 한숨을 쉬는 사람도 있고, 심한 경우에는 '무슨 이런 회사가 있어?' 라고 불평을 하기도 하며, 평소의 행동들이 나타나기 시작하였다. 그런데 회사에서는 사실 그 속에 면접관 한 사람을 배치하여 그 사람들의 행동을 유심히 관찰하고 있었던 것이다. 갑자기 예기치 않은 상황이 일어났을 때, 어떻게 하는가를 시험해 본 것이다.

세상을 살다보면 천만 가지 어려운 일에 부딪치기 마련이다. 즉 가족이나 직장 동료, 친구와의 갈등은 말할 것도 없고, 의식주 문제로 갈등을 느끼기도 하며, 남에게 인정받고 싶은 마음이나 까닭 없이 느끼는 심리적 불안감 등 모든 것들이 나의 마음을 이리 흔들고 저리 흔들며 짜증나게 한다.

따라서 갑자기 예기치 않은 일을 당하여 마음이 어두워지고 요란해질 때, '지금 경계란 녀석이 나를 흔들고 있구나. 그래, 세상에서 가장 경계警戒해야 할 것은 바로 경계境界야.' 라고 생각하며, 경계에 끌리지 않도록 해야겠다.

슬픔의 끝

인도에 '우빠라반나' 라는 미모의 여인이 살고 있었다. 그 여인은 사마디의 부잣집에서 태어나 어렸을 때부터 연꽃처럼 아름다운 모습이어서 연화색니蓮花色尼라고 불렸다. 나이가 들어감에 따라 수많은 구혼자가 나타났으나 아버지는 자기 딸이 여승이 되고 싶어 하기 때문에 걱정을 하면서 항상 결혼을 연기해왔다.

그러나 그녀는 웃제니의 마을에서 한 청년을 만나 구혼을 받고 결혼을 하게 되었다. 그리고 결혼 후 남편과 행복한 나날을 보내다가 아이를 낳게 되어 친정에 가게 되었다. 남편도 물론 그녀를 따라갔다. 그녀는 친정에서 치타라는 예쁜 딸을 낳고 행복하게 살게 되었다.

그런데 어느 날 밤 그녀는 우연히 부엌에 물을 마시러 갔다가 이상한 소리를 듣고 방안을 들여다 본 순간 소스라치게 놀라게 되었다. 자기의 친어머니와 남편이 함께 자리에 누워있는 것이었다.

이 여인은 딸이 일곱 살이 될 때까지 온갖 괴로움을 참으며 세상을 살아오다가, 더 이상 고통을 참을 수 없어서 어느 날 잠자는 딸의 뺨에 가볍게 입을 맞춘 후 조용히 집을 나가게 되었다. 그리고 며칠이고 걸어서 바라나시 근처의 갠지스 강까지 온 이 여인은 강물에 몸을 던져 목숨을 끊으려 하였다.

그런데 잠시 멍하니 서 있는 이 여인에게 한 멋진 남자가 나타나 말을 걸어 왔다. 이 남자 역시 1년 전 부인과 사별한 바라나시의 한 부자 상인으로 괴로움을 잊으려고 강에 나타난 것이었다.

두 사람은 몇 마디 이야기를 나누다가 서로 마음이 끌려서 이 여인은 그 남자의 집에 가게 되었고 그후 결혼을 하여 8년 정도를 행복하게 살게 되었다.

그런데 어느 날 이 상인은 장사를 하기 위해서 웃제니 마을로 가게 되었다. 그리고 그 곳에서 자기 부인과 얼굴이 너무나 닮은 한 미모의 처녀를 만나 서로 사랑에 빠지게 되었다. 그후 상인은 처녀와 정식으로 결혼을 한 뒤 장사를 마치고 다시 집으로 돌아오게 되었다.

그러나 이 상인은 자기의 아내에게 이 사실을 알릴 수 없어서 따로 집을 사주고 이중생활을 하게 되었다. 그러나 이 여인은 얼마 후 자기의 남편에게 제 2의 부인이 있다는 사실을 알게 되었고 얼마 동안은 너무나 괴로워 견딜 수가 없었다. 그러나 이 여인은 마음씨가 곱고 천성이 착한 여인이었기 때문에 남편에게 이중생활을 청산하고 차라리 우리 집으로 데리고 와서 함께 살자고 제안을 하게 되었다. 남편은 이 말을 듣고 부인이 너무나 고마워서 이 여인을 정식으로 데리고 와서 함께 살게 되었다.

그런데 이 여인은 제 2의 부인이 어딘가에서 많이 본 듯한 느낌이 들어서 자세히 고향을 묻고 이름을 물었더니 뜻밖에도 그 여인은 자기의 딸인 치타가 이미 장성하여 처녀가 되었음을 알게 되었다. 그래서 이 여인은 한없이 괴로워하면서 다시 집을 나서게 되었다.

그녀는 길을 걸으면서 한없이 울면서 생각을 했다. '왜 자기는 어머니와 같이 한 남자를 공유하게 되었고, 또 다음엔 자기의 딸과 한 남자를 공유하게 되었는가?' 이젠 더 이상 견딜 수가 없어서 차라리 죽어버리리라고 결심을 하였다.

그런데 마침 그때 가까운 죽림정사라는 곳에서 부처님께서 설법을 하고 계시다는 말을 듣고 부처님 앞에 갔다. 그리고 그 여인은 한없이 엎드려 울면서 부처님께 자기의 괴로운 마음을 말씀드렸다.

"나는 아무 죄도 짓지 않았는데 왜 이러한 불행과 괴로움을 겪어야 됩니까?"하고 울고 또 울었다.

그 말씀을 들은 부처님께서는 그 여인에게 인생은 본래 괴로운 것이고, 행복이 있으면 괴로움 또한 있는 것이며, 그러한 괴로움은 내 남편이라는 집착 때문에 오는 것이라고 말씀하셨다.

이 이야기는 참으로 슬프고 비극적인 한 여인의 삶의 이야기이다. 그러나 정도의 차이는 있지만 누구나 이 여인처럼 슬픔과 괴로움은 있기 마련이다. 어떤 사람은 첫사랑에 실패하여 괴로워하기도 하고, 어떤 사람은 사업에 실패하여 괴로워하기도 하며, 어떤 사람은 평생 동안 질병으로 괴로워하기도 한다.

나는 학생 시절에 '저 하늘에도 슬픔이' 라는 영화를 보고 참으로 많이 울었던 기억이 난다. 노름꾼인 아버지와 가출한 어머니 사이에서 껌팔이를 하며 살아가는 주인공 윤복이의 모습을 통해 세상에 저렇게 불행한 아이도 있을까? 하고 슬퍼했던 것이다.

그리고 초등학생인 어린 나이에 껌을 팔아 연명하는 불우한 주인공을 통해 '왜 사람은 저런 불행을 당해야 하는가.' 그리고, '어른들은 왜 도박에 빠져 가족들을 불행하게 하는가. 그러려면 차라리 결혼을 말든지, 자식을 낳지 말든지' 라고 분개하기도 하였다.

중국 영화인 '스잔나' 를 보면 주인공이 아무 죄도 저지르지 않았는데 불치의 병인 백혈병에 걸리게 되었고, 아무리 참회를 해도 결국 죽음을 당하고 만다. 지금도 '스잔나' 노래만 들어도 눈물이 나고, 마지막 장면이 떠오른다. 참으로 슬픈 운명이 아닐 수 없다.

또한 소포클레스가 쓴 〈오디푸스왕〉을 읽고, 주인공이 숙명적으로 아버지를 죽이고 어머니와 결혼하여 살 슬픈 운명이라는 것을 알고 참으로 불행한 사람이라고 생각하였다.

이 세상에 슬프고 처절한 이야기는 너무나 많다. 〈심청전〉, 〈햄릿〉, 〈로미오와 줄리엣〉, 〈가을 동화〉 등등 하늘의 별처럼 많다.

그러나 한편으로 생각하면 슬픔은 꼭 헛된 것만은 아니다. 인류는 많은 슬픔과 고통과 절망을 통하여 인생의 새로운 의미를 깨닫기도 하고, 맑은 영혼으로 정화되기도 한다.

자비慈悲란 부처님께서 불쌍한 중생들을 너무나 사랑하기 때문에 이를 슬퍼한다는 뜻으로, 슬픔은 곧 사랑을 의미한다. 전쟁으로 인해 수십 명이 목숨을 잃는 것보다, 부모나 자녀의 죽음을 더욱 슬퍼하는 것은 그만큼 가족을 사랑하기 때문이다.

슬픔이 없는 사회, 슬픈 사람을 보고 눈물 한 방울 흘리지 않는 사람들이 많은 사회는 죽은 사회이며, 결코 바람직한 사회가 아니다.

그런데 생활이 넉넉해진 탓인지, 아니면 감정이 메말라서인지 상가喪家에 가도 크게 슬퍼하는 사람이 없는 것 같다. 슬프지도 않은데 억지로 슬퍼할 수는 없지만, 너무나 슬픔이 없는 것도 슬픈 일이다.

장자궁자

어떤 사람이 어려서 가난한 아버지의 집을 뛰쳐나와 갈 곳 없이 떠돌아다니는 가난한 신세가 되었다. 그런데 오랫동안 가난한 생활을 계속 하다 보니 어언 세월이 흘러 오십 세가 되었다. 이 사람은 이제 나이는 먹고 가진 것도 없어서 이곳저곳을 떠돌아다니며 품삯을 받고 일을 하기도 하고, 구걸을 하기도 하며, 괴로운 나날을 보내고 있었다. 그리고 몇십 년 동안 타국을 떠돌며 일자리를 찾아다니다가 우연히 자기가 태어난 본국으로 오게 되었다.

그런데 아들을 잃은 아버지는 아들을 찾아 헤매다가 아들을 찾을 수 없어 어느 도시에 머물게 되었는데, 그후 이 아버지는 이 도시에서 엄청난 돈을 벌어 헤아릴 수 없을 만큼 큰 재산을 가지게 되었다. 그리고 나이를 먹고 늙게 된 이 아버지는 자기의 많은 재산을 상속해 주기 위하여 아들이 돌아오기만을 애타게 기다리고 있었다.

그런데 어느 날 아들은 자기 아버지의 집인 줄도 모르고 일자리를 찾아 집을 기웃거리다가 너무나 부잣집이라 자기 같은 가난뱅이가 감히 일자릴 구할 수 없다고 생각하고 급히 그 곳을 떠나버렸다.

그때 마침 훌륭한 의자에 앉아 있던 아버지는 우연히 문밖에서 안을 기웃거리고 있는 사내가 자기가 찾고 있는 아들임을 알고 '내 아들이 이제야 나를 찾아왔구나!' 하고 기뻐하면서 하인을 시켜 정중히 모셔오라고 하였다. 그러나 이 아들은 자기가 무슨 큰 죄나 지어서 자기를 붙잡으려고 오는 줄 알고 사정없이 달아나기 시작하였다.

그후 아버지는 자기의 아들이 너무 가난한 생활을 오래 하다 보니 마음이 극도로 비굴해져서 자기가 아버지라고 해도 도저히 믿지 않을 것 같아 하인을 시켜 그 아들의 거처하는 곳을 찾게 하였다. 그리고 일자리가 있어 품삯을 배를 주겠다고 속여 아들을 찾아오도록 하였다. 그리하여 아들은 부잣집의 하인이 되어 손과 발이 닳도록 열심히 일을 하였다. 이 아들은 세월이 가면서 차츰 신임을 얻게 되고 돈을 모으고 해서 이 집의 모든 재산을 관리하는 일을 맡게 되었다.

그 뒤 아버지는 차츰 병세가 악화되어 임종이 가까워지자 아들에게 명해서 자기의 친족들과 국왕과 모든 사람들을 모이게 해서 그들에게 사실을 말하였다.

"여러분! 이 사람은 사실은 나의 친아들입니다. 이 아들의 본 이름은 아무개이고 나의 이 모든 재산은 이 아들의 것입니다. 여러분은 앞으로 나의 아들을 주인으로 섬기고 받들기 바랍니다."

이 이야기는 법화경의 신해품에 있는 '장자궁자' 의 이야기로 부자

아버지는 부처님을 나타내고 있고, 아들은 어리석은 중생들을 가리키고 있다. 우리는 이 부자의 아들처럼 사실은 이미 수많은 재산과 축복 속에서 세상에 태어났다. 그러나 우리는 나에게 수많은 재산이 있다는 사실을, 그리고 많은 재산을 상속 받았다는 사실을 깨닫지 못하고 있을 뿐인 것이다.

건강한 육신으로 태어나 열심히 활동을 하고 돈을 벌 수 있는 것이야말로 엄청난 재물이 아니고 무엇이겠는가? 이러한 축복이 없이는 우리는 인간의 몸을 받아 이 세상에 태어날 수 없기 때문이다.

사실 우리가 조금만 깊이 생각해 본다면 우리는 진실로 무한한 은혜 속에서 살고 있음을 깨닫게 된다. 이 육신이 이렇게 살아있는 것만 해도 우리는 정말 감사하지 않을 수 없다.

그런데 어리석은 사람들은 늘 무언가 부족하다고 불평을 하고 짜증을 내며, 복을 주지 않는다고 원망을 한다. 이미 엄청난 재산과 축복을 주었는데도 불구하고, 그 돈을 모두 탕진해 버리고 더 달라고 한다. 이미 많은 재산을 상속해 주었는데도 더 달라고 원망을 하며 살고 있는 것이 중생들의 공통된 삶이다.

우리는 이미 받은 은혜와 축복에 감사하며, 부족하니 조금만 더 달라고 손을 비비는 비굴한 사람이 되어서는 안 된다. 이미 주실 만큼 주셨기 때문에 더 이상 주실 수도 없는 것이다. 복은 달라고 해서 주는 것도 아니고 받기 싫다고 안 주는 것도 아니다. 만약 복을 달라고 하면 주고 달라고 하지 않는다고 안 줄 것 같으면 누가 힘들게 일을 하겠는가? 아무 일도 하지 않고 앉아서 복을 달라고 빌기만 하면 되지 않겠는가?

그러나 복은 열심히 빈다고 해결되는 것이 아니다. 지혜스런 생활을 하면 복을 받게 되는 것이며, 어리석은 생활을 하면 손해를 보기 마련이다.

이미 무한한 은혜와 축복을 주셨으니 진심으로 감사하고, 이 만큼 행복하게 사는 것도 나에게는 과분하며, 너무 많이 주셨다고 생각해야 한다. 항상 감사의 기도를 올리고 감사의 생활을 해야 한다. 그러면 우리의 생활이 즐겁고, 즐거우면 웃음이 나오고, 자꾸 웃으면 건강해지고, 건강하니 약값이 안 들고, 그리하여 부자로 잘 살 수 있는 것이다.

몇 년 전에 국회의원 유세를 한다고 하기에 운동장에 가서 어느 후보자의 말을 들어보니 시종일관 상대방 후보를 비판하고, 사회를 비판하고, 국가를 비판하고 마지막엔 꼭 한 표 찍어 달라고 구걸을 하는 것을 보고 저런 사람이 국회의원이 되면 앞으로 구걸을 많이 하겠구나 하는 생각이 들었다.

그런데 어떤 후보는 처음부터 끝까지 감사하다는 말을 수십 번을 하였다. 예를 들면, "저에게 어느 노인 한 분이 오셔서 이번에도 꼭 당선되셔야 한다고 격려해 주셔서 너무 감사합니다."라고 하였다. 한 표 찍어 달라고 애원을 하는 것이 아니라, 이미 당선사례를 하고 있는 셈이었다. 참으로 당당하고 멋진 유세라는 생각이 들었다.

오도다케 라는 일본의 청년은 두 팔도 없고 두 다리도 없지만, 불행한 자신을 원망하지 않고, 늘 감사하며 산다고 한다. "내가 전생에 무엇을 잘못했기에 이렇게 불구자로 태어나 고생을 하는가?"하고 원망하며 자신을 학대한다면 다른 사람보다 원망하는 자신만 고통스러운 것이다. 비록 팔과 다리는 없지만 그래도 암이나 다른 치명적인 병마에 시달리지 않는 것만 해도 감사하다고 마음을 돌려 생각하면 세상은 오히려 즐겁고 감사하게 느껴지는 것이다.

내게 주어진 현실은 비록 가난하고 어렵지만 열심히 일하고 돈을 벌 수 있는 무한한 은혜와 축복을 주셨으니 감사하다고 생각하며, 넉넉한 마음으로 세상을 살아갔으면 한다.

| 만다라

한때 김성동의 〈만다라〉라는 소설이 베스트셀러가 되고, 크게 인기가 있었던 때가 있었다.

'만다라'라는 말은 범어인 mandala를 음역한 말로 인도에서 비법秘法을 닦을 때 마중魔衆의 침입을 막기 위해 원형을 그려 구획한 지역을 만다라라고 하며, 율律에는 부정을 피하기 위해 만다라를 만들게 된다고 되어 있다.

그리고 일반적 의미로는 부처의 깨달음을 원형이나 방형 등의 그림으로 나타내어 숭배의 대상으로 삼은 불교 그림을 의미하기도 한다. 따라서 '만다라'라는 작품은 그 제목부터가 심오한 상징적 의미를 가지고 있다.

〈만다라〉는 1979년에 출간되어 100만 부 이상이 팔릴 정도로 많은 사람들에게 깊은 감동과 충격을 준 작품으로, 영화로 상영되어 더욱 많은 관심을 일으킨 작품이다. 그리고 이문열의 〈사람의 아들〉과 함께 종교소설의 붐을 일으킨 작품이기도 하다.

이 책을 쓴 작가 김성동은 19세의 어린 나이로 입산 출가하여 6년간 피나는 수행을 하였지만 자신에 대한 회의와 불교 종단에 대한 모순 등으로 방황하다가 내면적 괴로움을 바탕으로 〈목탁조木鐸鳥〉라는 작품을 쓰게 되었다. 그런데 당시 불교계에서는 불교를 비방했다는 이유로 승적을 박탈하여 승려생활을 그만두게 하였고, 작가는 더 많은 고통을 통하며 〈만다라〉라는 대작을 완성했으니 오히려 전화위복이 된 셈이다.

〈만다라〉의 내용은 스물두 살의 젊고 성실한 법운法雲스님과 서른두 살의 파계승 지산知山스님의 갈등을 통해 어떻게 살아가는 것이 진정한 구도자의 삶인가에 대한 해답을 제시해 주고 있다.

법운은 깨달음을 얻어 부처가 된 후 사회를 정화하고 중생을 제도하겠다는 장한 뜻을 세우고 출가를 한다. 그리고 "입구가 좁은 병 속에 조그만 새 한 마리를 넣고 키웠는데 새를 꺼내려고 하니까 그동안 커서 병을 깨지 않고는 도저히 꺼낼 수가 없게 되었다. 병을 깨지도 않고, 새를 다치지 않도록 꺼내 보라."는 어려운 화두를 안고 자나 깨나 병 속의 새를 꺼내기 위해 괴로워한다.

그러나 화두는 쉽게 풀리지 않고 세속적인 번뇌와 회의에 빠지게 된다. 이때 법운은 벽운사라는 절에서 우연히 지산이라는 스님을 만나게 된다. 처음에는 절을 망치는 땡초라고 경멸하지만 알 수 없는 호기심에 끌려 친하게 된다.

법운은 지산을 통해 어떻게 수행 정진하는 것이 진정한 구도인가?

라는 문제로 고민한다. 그후 두 사람은 열심히 수행을 하며 부처가 되고자 하나, 지산은 결국 눈이 펑펑 쏟아지는 어느 날 마을에서 돌아오다가 얼어 죽고 만다.

법운은 지산의 시신을 암자에 모시고 다비茶毘를 한다. 그리고 활활 타오르는 불 속에서 자유롭게 날아가는 한 마리의 새를 발견하게 된다. 모든 굴레를 벗어버리고 훨훨 날아가는 새의 모습은 바로 법운 자신의 모습이었다. 그리하여 법운은 10년 동안의 방황을 마치고 환속을 한다.

불교는 계율을 매우 중요시한다. 즉 모든 고통은 계를 지키지 않기 때문에 일어난다고 본다. 그러나 아무리 수행자라 하더라도 일생 동안 모든 계율을 다 지킬 수는 없다. 따라서 법운처럼 모범적인 스님도 있지만 지산처럼 타락한 스님도 있다.

신성한 절에서 술을 마시고 여자와 육체적 관계를 맺는 등 온갖 잘못을 저지르는 지산은 보통의 수행자에 비해 몇 배의 고뇌와 슬픔을 당할 수밖에 없다. 따라서 도덕적으로 훌륭한 법운 스님보다 타락한 지산 스님으로부터 오히려 인간적 고뇌와 허무의 슬픔을 느끼게 된다.

지금 이 순간에도 많은 스님들이 깊은 산 속에서 뼈를 깎는 아픔을 참고 또 참으며 수행 정진을 하고 있다. 그러나 소설 속의 법운 스님처럼 슬픔과 허무의 적요 속에서 절망하고 좌절하는 스님들이 얼마나 많은가?

인생이란 무엇인가? 이에 대한 명확한 해답은 없다. 그러나 사람은 마치 병 속에 든 새나 수족관에 들어 있는 금붕어처럼 시간적으로 공간적으로 보이지 않는 틀 속에 갇혀 있는 것만은 확실하다. 따라서 육체의 고통 속에서 어떻게든 빠져나가려고 발버둥을 치지만 어쩔 수 없이 갇혀 살아야 하는 것이 인간의 운명인 것이다. 아니, 울부짖고 괴로워하며 발버둥을 치면 발버둥을 칠수록 더욱 고통만 가중되기도 한다.

해탈과 자유, 그것은 고통과 절망, 그리고 슬픔을 통해서 깨닫게 된다. 고통이 없이 진리를 깨달을 수는 없기 때문이다. 따라서 〈만다라〉에 나오는 두 주인공처럼 처절하게 인생을 고뇌하고 방황하면서 진리를 깨닫는 것이 인생인 것 같다.

제 3 장

문학과의 만남

-삶과 문학을 이야기하다

얼굴

김구 선생의 자서전인 〈백범일지〉를 보면, 선생께서는 한때 큰 뜻을 품고 과거 시험을 본 적이 있다 한다. 그런데 막상 시험장에 들어가 보니 미리 합격자를 내정해 놓고 답안을 대신 작성해 주는 등 온통 부정행위를 하는 모습으로 가득 차 있어 이만저만 실망이 아니었다. 그리하여 선생은 과거 시험을 포기하기로 결심을 하고 아버지처럼 관상가가 되기로 하였다.

그런데 선생은 관상학 책을 보며 다시 한번 크게 실망을 하였다. 자신의 관상을 보면 얼굴이 매우 빈천한 상이어서 가난하고 천하게 살 팔자였기 때문이다.

그러나 다행히 〈마의상서麻衣相書〉에 "얼굴 좋음이 몸 좋음만 못하고, 몸 좋음이 마음 좋음만 못하다.相好不如身好 身好不如心好"는 글을 읽고 크게 깨달은 바가 있어 일생 동안 바른 마음을 가지고 살아가기로 결심하고 관상학 공부를 그만 두었다고 한다.

백범 선생의 일화에도 잘 나타나 있는 것처럼, 사람은 누구나 자기의 얼굴이나 외모에 대하여 많은 관심과 애착을 가지고 있다. 그리하여 얼굴이 잘생긴 사람은 잘생긴 대로 관심이 많고, 못생긴 사람은 못생긴 대로 관심이 많다.

그런데 자기의 얼굴에 대해서 많은 관심을 가진다 하더라도 얼굴이 잘생긴 사람에게는 별로 심각한 문제가 되지 않는다. 자기의 얼굴을 보면 볼수록 기분이 좋기 때문이다.

그러나 얼굴이 못생긴 사람의 경우는 다르다. 거울을 보면 볼수록 마음이 괴롭고 짜증만 날 것이기 때문이다. 그리하여 열 번 이상 성형수술을 받으며 야단법석을 떨었지만 만족하지 못하고 또 수술을 받아 볼 계획이라고 말하는 중년 여성이 있는가 하면, 실제로 어느 여고생은 얼굴에 여드름이 많은 것을 비관하여 유서를 써놓고 자살을 했다는 신문 보도도 있다.

사람의 얼굴을 보면 정말 각양각색이요 천차만별이다. 기분이 좋아서 폭소를 터뜨리며 웃는 얼굴이 있는가 하면, 기분이 나쁘다고 찡그리는 얼굴도 있고, 흥부처럼 착한 얼굴이 있는가 하면 놀부처럼 험상궂은 얼굴도 있다. 또한 아버지처럼 근엄한 얼굴이 있는가 하면 어머니처럼 자애로운 얼굴이 있고, 한없이 보고 싶은 얼굴이 있는가 하면 보고 싶지 않은 얼굴도 있다.

그런데 동서양을 막론하고 얼굴에 대한 미적 감각은 대개 비슷했던 것 같다. 즉 남자의 경우에는 우선 이목구비가 뚜렷하고 씩씩한 얼굴이라야 미남이라는 평가를 받았고, 여자의 경우에는 우선 우아하고 아름다워야 미인이라는 평가를 받았다.

물론 이러한 경향은 우리나라의 경우에도 예외는 아니어서 그 사람의 인격이나 능력보다는 얼굴을 가지고 사람을 평가하는 경우가 많았다. 즉 우리가 일상적으로 쓰는 말 중에도 "사람은 얼굴 생긴 대로 산다."느니 "얼굴을 보니까 대통령도 살아먹겠더라."는 등 얼굴을 확대해석하여 평가하는 경우가 많다.

요즘도 신입사원을 뽑는다든지 아니면 최종적인 면접을 할 때 그 사람의 능력보다는 외모와 얼굴을 가지고 사람을 평가하는 경향이 많다. '같은 값이면 다홍치마' 라고 얼굴도 잘생기고 실력도 있으며, 마음 씀씀이도 착한 사람이라면 두말 할 필요도 없겠지만 속마음이야 어떠하든지 우선 얼굴만 예쁘면 된다고 생각하는 사람이 많아지는 것 같아 안타까운 생각이 든다.

학교에 근무하다 보니 해마다 많은 학생들이 새로 들어오고 새로운 얼굴들을 만나게 된다. 그러다 보니 자연히 학생들의 얼굴에 관심을 가지게 되고 학생들의 미래를 상상해보기도 한다.

그런데 어떤 학생은 정말 귀공자처럼 잘생긴 얼굴도 있고 형편없이 못생긴 얼굴도 있다. 그리하여 내심 '저 학생은 앞으로 뭔가 큰 인물이 되겠구나.' 라는 생각이 들기도 하고, 어떤 학생의 경우에는 '얼굴이 저렇게 못생겼으니 고민이 많겠구나.' 라고 혼자 걱정을 하기도 한다.

또한 많은 학생들을 대하다 보니 얼굴이 잘생긴 것과 마음 씀씀이는 전혀 관계가 없다는 생각이 든다.

즉 얼굴이 미스코리아처럼 예쁘다고 마음씨도 착한 것은 아니다. 얼굴은 영화배우처럼 잘 생겼지만 마음 씀씀이는 아주 형편없는 학생도 있다. 그리하여 학생들의 얼굴만 가지고 성급하게 평가했다가는 크게 낭패를 보는 경우가 많다.

오늘도 많은 학생들의 얼굴을 바라보며 사람은 얼굴이 중요한 것이 아니라 마음이 중요한 것이며, 얼마나 잘생겼는가가 중요한 것이 아니라 얼마나 마음씨가 착한가가 더욱 중요한 것이라는 생각이 든다. 그리고 인생의 행복과 불행 역시 얼굴에 따라 결정되는 것이 아니라 그 속에 감추어진 마음가짐에 따라 결정되는 것이라는 생각이 든다.

나다니엘 호돈의 〈큰 바위 얼굴〉이라는 소설이 있다. 주인공인 어니스트는 비록 가난한 집에서 태어나 특별히 교육을 받은 것은 아니지만 큰 바위 얼굴과 같은 인자한 모습의 얼굴을 보고 싶어 한 결과 어느 날 자신의 얼굴이 큰 바위 얼굴처럼 인자한 모습으로 변해 있음을 발견하게 된다.

하루아침에 사람의 얼굴이 바뀌어지고, 딴 사람의 얼굴처럼 변할 수는 없다. 아무리 성형수술이 발달되고 좋은 화장품이 개발된다고 하더라도 얼굴의 본 바탕은 바꿀 수 없다. 따라서 좋은 얼굴, 아름다운 얼굴을 가지기 위해서는 우선 마음이 편해야 하며 늘 바른 생각과 아름다운 생각을 가져야 한다고 생각된다.

설해송雪害松

대학교 2학년 겨울 방학 때였다. 소설을 쓴다는 핑계로 계룡산 고왕암古王庵에서 두 달 가량을 지내게 되었다. 그런데 마침 갑사 쪽에 위치한 신흥암이란 암자에 체격이 크고, 유머가 넘치며, 해인사에서 금강경을 강의하였다는 명초 스님이 계셔서 가끔씩 그곳에 놀러가곤 하였다.

스님께서는 신흥암 뒤에 있는 거북 모양의 큰 바위에 부처님의 진신사리眞身舍利가 모셔져 있어, 어느 해 겨울, 이곳에서 환한 불빛이 방광放光을 하여 마을 사람들이 달려온 적이 있다고 한다. 듣기만 해도 신기하기만 하다.

명초 스님은 우람한 체격만큼이나 아는 것이 많아 무학대사께서 고려의 멸망을 예언하였다고 전해지는 연천봉 바위 위의 '방백마각方百馬角 구혹화생口或禾生' 이란 여덟 글자의 뜻을 설명하며, 앞으로 세상이 어떻게 될 것이라고 예언을 하는 등 들으면 들을수록 신기하고 재미난

이야기를 밤이 깊도록 들려주었다.

그러던 어느 날 밤이었다. 그 날은 유독 바람이 세차게 불고 눈이 많이 내렸다. 그 날도 여느 때처럼 밤이 깊도록 이야기를 나눈 뒤 잠을 자려고 자리에 누웠다. 그러나 세찬 바람소리와 함께 쉴새없이 울리는 풍경風磬 소리에 잠이 오지 않았다.

다음 날 아침 밖으로 나갔다. 밤새 얼마나 눈이 많이 왔는지 산이 온통 눈밖에 보이지 않았다. 그리고 어젯밤의 그 요란한 소리는 어디로 갔는지 바람 한 점 없이 조용하기만 하였다. 암자 주위의 산봉우리와 아름드리 소나무들이 눈부신 햇살을 받으며 은빛으로 빛나고 있었다.

그런데 주위를 보니 지난 밤 폭설에 바람을 이기지 못하고 부러지고 찢어진 소나무가 여기저기 눈에 띄었다. 찌이익- 하는 소리가 밤새껏 그치지 않았는데 알고 보니 바로 소나무 가지들이 찢기는 소리였던 것이다. 눈이 쌓이고 쌓이면 눈의 무게를 이기지 못하고 가지가 찢어지고 부러지기도 한다.

나는 문득 눈 더미에 찢긴 아름드리 소나무를 바라보면서 사뿐사뿐 내려앉는 가벼운 눈도 때로는 나뭇가지를 부러뜨리며 상처를 입힌다는 생각이 들어 마음이 아팠다.

수십 년이 지난 지금, 내가 살고 있는 집 뒤에는 커다란 노송 한 그루가 아름다운 자태를 뽐내고 있다. 예전에는 이곳에 큰 소나무가 빽빽이 들어서 있었는데, 인구가 늘고 도시가 커지면서 하나 둘 잘리기 시작하여 지금은 한 그루의 소나무만이 외로운 모습으로 자리를 지키고 있다.

바람이 세차게 불고, 눈이 많이 내리는 날 밤이었다. 왠지 모르게 잠이 오지 않아 새벽에야 겨우 잠이 들었다. 그리고 이튿날 아침 옥상에 올라갔더니 큰 소나무의 가지 하나와 무수한 잔가지들이 부러져 여기저기에 흩어져 있었다.

나는 문득 옛날 계룡산 신흥암에서 본 부러진 소나무 가지가 생각이 났다. 그리고 나도 모르게 무슨 커다란 발견이라도 한 듯 놀라운 눈으로 소나무를 바라보며 오호! 하고 탄성을 질렀다.

소나무는 가지가 찢기기도 하고 부러지기도 했지만 아무 일도 없었던 것처럼 푸른 자태를 뽐내며 의연한 모습으로 서 있었던 것이다. 아니, 부러진 나뭇가지는 숱한 가지 중 일부가 부러진 것일 뿐 나무 전체가 부러진 것은 아니었다.

나는 지금까지 많은 고민을 하며 살아왔다. 그런데 생로병사生老病死와 같은 근원적인 문제로 고민한 것이 아니라, 의식주 문제와 남녀간의 사랑, 그리고 술과 담배 등 지극히 평범한 일로 더 많은 고통을 느끼며 살아온 것 같다.

사실 그런 문제들은 인생의 전체가 아니라 부분이며, 또한 시간이 지나면서 얼마든지 치유될 수 있는 문제였는데, 아예 나무 전체가 부러진 것처럼 절망하며 괴로워했던 것이다.

작고 아름다운 눈들이 쌓여 때로는 큰 소나무의 가지를 부러뜨리는 것처럼, 인생 역시 작은 일들로 오해를 하고 고통을 받는다.

올 겨울에도 계룡산 신흥암에는 많은 눈이 내리고, 여기저기 크고 작은 소나무 가지들이 부러져 사람들을 놀라게 하리라. 그러나 겨울이 지나고 봄이 오면 소나무는 아무 일도 없었던 것처럼 뾰쪽뾰쪽한 솔잎을 자랑하며 금빛으로 푸르리라.

눈이 내리고 가지가 부러지면서 나도 한 살 더 나이를 먹는다.

인생이란 무엇인가

사람은 누구나 실제로 인생을 살아가면서도 "인생이란 무엇입니까?"라고 질문을 하면 "인생이란 글쎄, 쉽게 말할 수는 없고, 사람이 사는 것이지."라고 싱거운 대답을 한다.

그런데 일반적으로 보면 고사성어에 나오는 '인생은 새옹지마'라는 말과 이진관의 '인생은 미완성'이라는 말이 그런대로 답이 되는 것 같다.

소설가는 '인생이란 무엇인가?'에 대하여 많은 연구를 한다. 그리고 '사람은 왜 행복한 사람이 있고, 불행한 사람이 있는가?', '도대체 무엇 때문에 인간은 불행한가?' 등을 연구한다. 그리고 이를 바탕으로 그럴 듯하게 이야기를 만들어 사람들에게 '인생이란 이런 것입니다.'라고 설명을 한다.

사람들은 대부분 설명 듣기를 싫어한다. 따라서 소설가들은 사실이 아닌 이야기를 마치 사실인 것처럼 꾸며서 사람들에게 이야기를 듣도록 한다.

소설가들은 인생을 크게 네 가지로 설명을 한다.

첫째는 '인생은 신과 같은 절대자를 믿으며 살아야 한다.' 고 생각한다. 미국의 월리스라는 장군이 쓴 〈벤허〉를 보면 주인공 벤허는 유태인으로서 로마군들과 맞서 싸우다가 노예로 팔려가게 된다. 그리고 여러 차례 죽을 고비를 겪는다. 그런데 전쟁 중에 로마 장군의 생명을 구해준 덕으로 그의 수양아들이 되고, 로마의 영웅이 된다. 그리고 어머니와 누이동생을 만나게 된다.

그런데 두 사람은 불치의 병인 문둥병에 걸려 절망에 빠져있다. 그런데 예수가 사형을 받는 장면을 보고 은혜를 받아 병이 낫고 행복하게 웃는다.

둘째는 '인생은 나의 마음이 결정을 하기 때문에 마음을 바르게 해야 한다.' 고 생각한다.

사람의 마음이란 참으로 복잡하고 이상하다. '열 길 물 속은 알아도 한 길 사람 속은 모른다.' 는 말처럼 사람의 마음이란 도대체 알 수가 없다.

스티븐슨의 〈지킬박사와 하이드 씨〉나 현진건의 〈B사감과 러브레터〉를 읽어보면 인간의 마음이 얼마나 위선적이며 이중적인가를 잘 알 수 있다. 겉으로는 성인군자처럼 행동을 하지만 속으로는 절대로 성인군자가 아니다.

도스토예프스키의 〈죄와 벌〉을 보면 인간은 누구나 양심이 있기 때문에 죄를 지으면 스스로 괴로워한다. 법과 대학생인 라스콜리니코프는 세상에 아무 이익도 주지 못하는 노파를 살해했기 때문에 마음에

물이 맑으면 달(月)이 와서 쉬고,
나무를 심으면 새가 날아와 둥지를 튼다.

– 일연

아무런 죄책감도 느끼지 않을 줄 알았지만 몸이 떨리고 불안하여 소냐에게 스스로 죄를 고백하고 벌을 받음으로써 용서를 받는다.

셋째는 사회 환경이 인간의 운명을 좌우한다고 한다. 동양에서 가장 유명한 〈삼국지〉나 톨스토이의 〈전쟁과 평화〉 그리고 플로베르의 〈보바리부인〉 이나 모파상의 〈여자의 일생〉 등의 사실주의, 자연주의 계열의 작품은 모두 사회 환경 때문에 인간의 운명이 결정된다고 한다.

김동인의 〈감자〉를 보면 주인공 복녀는 원래 착한 여자였으나 게으른 남편을 만나 가난 때문에 구걸도 하고, 도둑질과 매춘을 하며 타락한 생활을 한다. 그리고 왕서방을 죽이려 하다가 오히려 죽음을 당한다.

채만식이 쓴 〈탁류〉의 주인공 초봉이 역시 착한 여자였으나 시대를 잘못 만나 불행하게 목숨을 잃는다.

넷째는 유전에 의해 인간의 운명이 결정된다고 한다. 사람은 태어날 때부터 팔 다리가 없는 장애자로 태어나거나 암으로 평생을 불행하게 사는 사람도 있다.

김동인의 〈발가락이 닮았다〉나, 이효석의 〈메밀꽃 필 무렵〉은 유전적 요인을 강조한다. 중국 영화인 '스잔나' 에서도 주인공 스잔나는 뇌종양으로 목숨을 잃는다.

소설가들이 말하는 것처럼 인생은 어떤 절대자나 마음, 유전, 환경이 좌우한다고 하는데 모두가 맞는 말이다.

그러나 이 네 가지가 어느 하나만 작용하는 것은 아니고, 네 가지가 종합적으로 작용하여 결정되기도 하고, 이 네 가지가 아닌 다른 요인에 의해 인생이 결정되기도 한다.

어떤 사람이 "왜 사느냐?"고 질문을 하니까 "아침마다 눈이 떠지니까 살지?"라고 대답을 했다고 한다. 많은 철학자나 소설가들이 인생이 무엇인가에 대하여 심각하게 연구를 하고 설명을 하지만, 인생에 대한 정답은 없고 아직도 연구중이며 미완성이라는 생각이 든다.

사람은 누구나 값진 인생, 보람된 인생, 행복한 인생을 살기 위해 열심히 노력을 한다. 그러나 노래의 가사처럼, 인생은 쓰다가 마는 편지, 그리다 마는 그림, 새기다 마는 조각처럼 완전한 인생은 없다.

지극히 쉬운 것 같으면서도 쉽게 설명할 수 없는 것이 인생이라는 생각이 든다.

가을에는

가을은 천고마비의 계절이요, 결실의 계절이다. 푸른 하늘 아래 끝없이 펼쳐진 들에는 누런 벼이삭들이 황금물결을 이루고, 밭에는 콩이나 수수, 고구마 등 오곡백과가 여물어 보기만 해도 배가 부르다.

가을은 독서의 계절이며, 사색의 계절이라고 한다. 봄과 여름에 푸른 녹음을 자랑하던 나뭇잎들이 빨갛게 단풍이 들어 힘없이 떨어지는 것을 보면 누구나 마음이 쓸쓸해지고 다시 한번 생명의 소중함을 느끼게 된다.

가을이 오면 문득 일상의 틀에서 벗어나 어디론가 멀리 떠나고 싶은 충동을 느낀다. 코스모스가 한들거리는 시골길을 걸으며 한가로운 시간을 가지고 싶다. 아니, 할 수만 있다면 야간열차라도 타고 먼 이국땅을 달려 보고 싶다.

가을은 바람이 선선하여 정신이 맑고, 나도 모르게 인생의 근본적인

물음을 생각해 본다. '나는 누구인가?' '지금 나는 어디를 향하여 가고 있으며, 과연 어디까지 왔는가?' 를 자문해 본다.

가을의 햇빛은 여름의 햇빛에 비하여 비교가 되지 않을 만큼 부드럽다. 그리하여 아무리 오랫동안 햇빛을 바라보아도 눈이 부시지 않아서 좋다. 가을은 세차게 불어오는 바람도 부드럽기만 하다. 얼굴을 스쳐가는 바람 한 줄기, 굴러 가는 나뭇잎 하나에도 깊은 의미가 담겨 있다.

가을을 맞이하여 문득 하늘을 바라본다. 그리고 지구의 작은 한 모퉁이에서 내가 서 있는 정반대 방향의 세계를 생각하며 새삼스럽게 왜 살아야 하며, 어떻게 살아야 하고, 무엇을 해야 하는가를 생각해 본다.

며칠 전에 마음이 맞는 친구와 밤늦게까지 술을 마셨다. 시간 가는 줄도 모르고 문학과 인생, 그리고 교육과 종교에 대하여 많은 이야기를 나누었다. 박인환의 '목마와 숙녀' 를 이야기하고, '금강경' 을 이야기하였다.

밤이 깊어 친구와 헤어졌다. 그리고 터벅터벅 집으로 걸어오면서 많은 생각을 하였다. 아무리 친한 친구와 다정하게 이야기를 나누어도 결국은 헤어져야 하고, 혼자라는 생각이 든다. 아무리 지식이 많고, 재산이 많으며, 지위가 높아도 혼자일 수밖에 없다.

가을은 사색의 계절이요, 고독의 계절이다. 희미한 골목길을 지나며 호프집이 보이기에 혼자서 술집에 들어섰다. 늦은 시간인데도 사람들이 많았고 모두가 이야기에 열중하여 소란스럽기만 했다.

호프 한 잔을 마시고 다시 터벅터벅 골목길로 들어서는데 누군가 가볍게 어깨를 치며 아는 체를 한다. 돌아다보니 가을이었다.

남도기행

칠월이 끝나갈 무렵, 가족들과 함께 순천에 갔다. 4차선 넓은 길에 오가는 차량이 없어 신나게 차를 몰아 순천에 도착하였다.

순천만은 끝없이 넓은 뻘밭 위에 초록빛 갈대가 무성하여 거대한 초원을 이루고 있었고, 바람이 불 때마다 갈대가 물결처럼 흔들렸다.

길을 걸으며 아래를 내려다 보니 갈대숲 아래 작은 구멍에는 조그맣고 까만 게들이 눈을 두리번거리며 살금살금 나타났다가 사람의 발소리에 재빠르게 몸을 감추곤 하였다. 그곳은 이름 모를 작은 생명체들의 낙원이었다.

순천은 작가 김승옥이 태어난 곳이고, 김승옥은 〈서울 1964년 겨울〉과 〈무진기행〉으로 유명하다. 두 작품 모두 해방이 되고, 4.19와 5.16을 겪으면서 많은 사람들이 물질에 눈이 어두워 속물이 되고, 물질 때문에 서로를 불신하고 불행해지는 과정을 잘 묘사한 작품이다.

나는 〈서울 1964년 겨울〉을 읽으면서 김승옥이라는 작가의 글에 깊은 감명을 받았고, 〈무진기행〉을 읽으며, 또 한번 감탄을 하게 되어 언젠가 꼭 한번 갈대가 무성한 순천을 가보고 싶다는 생각을 했었다.

순천만을 떠나 벌교에 도착하였다. 벌교는 우리나라 대하소설로 유명한 작가 조정래의 〈태백산맥〉으로 유명한 곳이다. 소설 〈태백산맥〉은 여순사건이 있었던 1948년 늦가을 벌교 포구를 배경으로 빨치산 토벌작전이 끝나가던 1953년 가을까지 우리 민족이 겪었던 이념의 비극을 잘 묘사하고 있다.

주인공 염상진은 그를 따르는 하대치와 함께 빨치산 대장으로 공산주의 활동을 한다. 지식인 김범우는 무엇이 옳은지 끝없이 회의를 한다. 그리고 염상진의 동생 염상구는 무식한 국군으로 빨갱이 소탕 작전에 앞장선다.

우리나라는 불행하게도 좌익과 우익의 싸움으로 많은 사람이 목숨을 잃었다. 특히 일제 강점기 시대는 친일파와 민족주의자 간에 갈등이 심했다. 그리고 해방이 되자 대부분의 민족주의자들은 사회주의에 가담을 하였고, 친일파들은 반공주의자로 변신을 하여 치열하게 싸웠다.

벌교를 지나 남도의 끝인 장흥에 갔다. 그리고 장흥을 가로지르는 탐진강을 지나 천관산에 있는 문학공원을 찾았다. 개관을 한 지가 얼마 되지 않아 깨끗하게 단장된 전시실 안에는 이청준, 송기숙, 한승원 등 장흥 출신의 문학인들이 잘 소개되어 있었다.

관람을 마치고 작가 이청준이 태어난 회진면 진목리로 갔다. 구불구불한 길을 따라 진목리에 있는 생가에 갔다. 진목리는 어디에서나 볼 수 있는 평범한 마을이었고, 마루가 있는 조그마한 생가는 옛 모습 그대로 복원이 되어 있었다.

진목리 생가는 고등학교 3학년 시절인 1960년 무렵에 남에게 넘어가는 바람에 20년 가까이 고향을 가지 못할 정도로 작가에게는 한이 많은 곳이고, 그의 단편소설인 〈눈길〉에 어머니와 마지막 하룻밤을 보낸 사연이 잘 담겨 있는 집이다.

이청준의 생가를 떠나 마을에서 약간 떨어진 묘소에 갔다. 묘소는 앞이 탁 트인 야트막한 언덕에 돌아가신 지 1년 밖에 안 되어 아직 안내 표지판이나 문학비 등이 없는 평범한 묘소였다. 생전에 염색을 하지 않은 흰머리로 글을 쓰셨던 선생님의 모습을 떠올리면서 편히 잠드시도록 엎드려 참배를 올렸다.

이청준의 작품은 〈선학동 나그네〉와 〈서편제〉, 〈축제〉 등에 잘 나와 있는 것처럼 남도의 한을 아름다운 예술로 승화시킨 작품이 많다. 특히 〈서편제〉는 영화로 제작되어 전국민이 눈물을 흘릴 정도로 많은 감동을 준 작품이다.

진목리를 떠나면서 한승원의 생가를 갈까 망설였으나 시간이 없어 다음 기회로 미루고, 고흥에 있는 소록도로 차를 몰았다.

소록도는 섬이어서 일반인들이 들어가기가 쉽지 않았다. 그러나 이제는 다리가 있어 얼마든지 자가용을 타고 들어갈 정도로 교통이 좋아졌다.

소록도는 푸른 바다 한가운데 작은 사슴처럼 생긴 아름다운 섬이었다. 그러나 일제 강점기에 한센병 환자들만 집단으로 거주하도록 하여 소록도는 한센병 환자를 상징하는 대명사가 되었다.

소록도는 이청준의 〈당신들의 천국〉에 잘 나와 있는 것처럼 환자들이 육체적인 고통을 참기도 힘든데 강제 부역에 시달리며 이중의 고통을 당하던 비극의 섬이다.

소록도에는 당시의 아픈 기억들을 그대로 보존하기 위해 강제로 수술을 하던 수술실과 환자들을 가두고 감시하던 집 등이 그대로 잘 보존되어 당시의 처절한 삶과 죽음, 육체적 고통, 인권의 유린, 한 맺힌 절규가 들리는 듯하였다.

나는 가족들이나 문인협회 회원들과 문학답사 다니기를 좋아한다. 가까운 가람 이병기 생가를 비롯하여 채만식, 신석정, 서정주, 신동엽, 한용운, 이효석, 김유정, 정지용 등의 생가를 방문하여 작가의 생전의 모습을 상상하기도 하고, 작품을 이해하는데 많은 도움을 받기도 한다.

이번에 다녀온 순천과 벌교, 장흥, 고흥은 우리나라에서 최고로 실력있는 문학인들이 많이 배출된 곳이어서 어느 문학답사보다 많은 것을 배우고 느끼게 되었다.

문학답사는 언제나 내게 많은 감동을 준다. 그리고 나도 모르게 작가가 되고, 작품의 주인공이 되도록 한다.

환절기

토요일 오후, 고등학교 동창 친구들과 모임이 있어 대천에 가게 되었다. 겨울이긴 하지만 날씨가 많이 풀려서인지 바람이 부드러웠다. 차를 몰고 금강변을 달리다 보니 어느덧 금강 하구언에 도착하였다. 강둑을 보니 많은 사람들이 삼각대 위에 고급 망원경을 설치해 놓고 철새를 구경하고 있었다.

잠시 차를 멈추고 철새들을 바라보았다. 청둥오리와 가창오리, 기러기, 그리고 간혹 새을乙자 모습의 백조도 눈에 띄었다. 가을이 되면 어김없이 찾아왔다가 봄이 되면 다시 추운 시베리아로 먼 길을 떠나는 귀한 손님들이다.

차는 잔잔한 경음악과 함께 말끔히 포장된 국도 위를 미끄러지듯 잘도 달렸다. 혹시 눈이 녹지 않아 길이라도 미끄러우면 큰일이라고 걱정을 했지만 날씨가 포근해서인지 멀리 산등성이에 약간의 눈이 남아 있을 뿐이었다.

해가 기울고 여섯 시가 넘어서야 목적지인 대천에 도착하였다. 그런데 추운 겨울임에도 불구하고 주차장에는 차가 즐비하고 사람들이 북적거렸다. 마치 낯선 이국에라도 온 것 같은 착각이 들었다. 여름철에 해수욕장을 찾는 사람들에 비하면 적은 숫자지만 나름대로 겨울바다를 찾는 사람도 많다는 생각이 들었다.

횟집을 찾아 안으로 들어가니 서울과 천안, 그리고 전주에서 온 친구 내외가 반갑게 인사를 한다. 모두 열 명이 모였다.

얼마 후, 우리는 큰소리로 '위하여'를 연발하며 소줏잔을 부딪쳤다. 그리고 마치 국가의 장래를 걱정하기 위해 모이기라도 한 것처럼, 도대체 어떻게 정치를 하기에 경제가 이 모양이냐고 한마디씩 열변을 토하며 건강 때문에 절대로 술을 마실 수 없다는 친구에게도 억지로 술을 권하며 킥킥거리고 웃었다.

싱싱한 농어회와 함께 술잔이 몇 바퀴 돌자, 누군가 바람도 쐬일 겸 밖으로 나가자고 하였다. 그리하여 백사장으로 나가니 군데군데 불꽃놀이를 즐기는 아이들이 눈에 띄었고, 깜깜한 어둠 속에는 삼삼오오 짝을 지어 밀어를 속삭이는 사람들로 북적이었다. 우리 일행도 잠시 동심으로 돌아가 폭죽에 불을 붙여 하늘을 밝히며 환호성을 질렀다.

친구들과 바닷가를 거니는 동안 어둠 속에서는 쉬지 않고 파도소리가 들려왔다. 철썩 철썩 쏴아 쓰르르, 언제 들어도 싫지 않은 태고의 음성이었다. 나는 속으로 유치환 시인의 '파도'를 읊으며 바다를 바라보았다.

"파도야 어쩌란 말이냐.
파도야 어쩌란 말이냐.
님은 뭍처럼 까딱 않는데
파도야 어쩌란 말이냐"

그렇다. 육지는 아무 대답도 없는데 파도는 누구를 위하여 이렇게 끝없이 밀려가고 밀려오며 그들만의 단조로운 출렁임을 계속하고 있는 것일까? 그리고 바다는 언제부터 이렇게 많은 물들을 한 곳에 모아 이처럼 거대한 물의 나라를 만들었을까?

파도소리를 들으며 우리는 하나 둘 언덕으로 올라와 칠흑처럼 어두운 밤하늘을 바라보았다. 하늘에는 바닷속 진주처럼 작은 별들이 마치 보석을 깨뜨려 놓은 것처럼 초롱초롱 빛나고 있었다.

우주, 그 이름만 들어도 넓다는 생각이 든다. 그런데 이 넓은 우주 중에서도 하필이면 지구에, 그리고 그 많은 생물 중에서도 사람으로 태어났다는 것은 대단한 축복이 아닐 수 없다.

우주는 성주괴공成住壞空의 이치에 따라 돌고 돈다고 한다. 그리고 지구와 같은 거대한 별도 몇십 억 년 동안 찬란히 빛을 발하다가 늙고 수명이 다하면 마침내 대기 속에서 활활 불타버린다고 한다. 세상에 허망하지 않은 것은 아무 것도 없다는 생각이 든다.

우주가 성주괴공으로 돌고 도는 것처럼, 계절은 춘하추동으로 돌고 돈다. 산과 들이 온통 꽃으로 만발한 봄이 가면 어김없이 녹음의 계절인 여름이 오고, 단풍이 곱게 물든 가을이 가면, 함박눈 펑펑 쏟아지는 은빛 겨울이 오기 마련이다.

그런데 돌고 도는 것은 사람의 생명도 마찬가지다. 아름다운 꽃이 시들면 땅에 떨어지는 것처럼, 사람도 나이가 들면 늙기 마련이고, 늙으면 병마를 이기지 못하여 죽기 마련이다.

우주는 성주괴공으로 돌고, 계절은 춘하추동으로 돌며, 인생은 생로병사로 돌고 돈다고 생각하니 세상에 영원히 존재하는 것은 아무 것도 없다는 생각이 든다. 만물은 제행무상諸行無常이요, 허무하기 짝이 없다. 그런데 어리석은 우리 중생들은 영원히 변치 않을 것처럼 욕심을 부리고 있으니 전도몽상이 아니고 무엇이랴.

환절기, 나는 지금 인생의 황금기라 불리는 봄과 여름이 지나고 우수수 낙엽이 지는 가을을 맞이하고 있다. 기승전결起承轉結로 치면 발단과 전개가 끝나고 위기危機 단계인 전轉의 나이가 된 셈이다.

인생의 환절기를 맞이하여 파릇파릇 돋아나는 새싹처럼 푸르고 싱싱한 봄을 기다려 본다. 그리고 나의 가을이 하루라도 더 오래 지속되기를 빌며, 내년에는 더 많은 수확을 거두리라 다짐해 본다.

그날 밤 우리는 가을 바람 소리를 들으며 밤이 깊도록 술잔을 기울였다. 그리고 지나간 추억들을 붙잡고 한없이 노래를 불렀다. 그러나 아무리 큰 소리로 노래를 불러도 흘러간 세월은 다시 돌아올 것 같지 않았다.

나의 문학과 인생

중학교 때 3년 동안 걸어서 학교에 다녔다. 그런데 친구가 없어 이 생각, 저 생각을 하며 혼자 걷다 보니 너무나 심심하여 책을 읽었다. 중학교 때 읽었던 작품 중에서 가장 기억에 남는 작품은 3학년 국어 교과서에 실려 있는 황순원의 〈소나기〉와 호돈의 〈큰 바위 얼굴〉 이광수의 〈사랑〉, 〈벤허〉 등을 재미있게 읽은 생각이 난다.

고등학교 때는 하숙집에 박종화 씨의 역사소설 전집이 있어서 〈삼국풍류〉 〈금삼의 피〉, 〈다정불심〉, 〈자고 가는 저 구름아〉 등 역사 소설을 감명 깊게 읽었다.

대학에 입학하여 도서관에서 '한국문학전집'을 1권부터 읽으며 소설 속으로 빠져들었다. 그런데 1학기가 끝나갈 무렵 뜻하지 않게 친구가 물사고를 당함으로써 정신적으로 충격이 컸다. 그리고 죽음에 대한 문제를 고민하면서 인생은 허무하다는 것과 허무를 극복하기 위해서는 적극적으로 세상을 살아야겠다는 결심을 하게 되었다.

그런데 2학기가 되어 마침 학생회에서 문예 작품을 모집한다는 광고가 났다. 처음으로 '독버섯' 이란 단편소설을 써서 응모하였다. 그런데 운이 좋게도 작품을 낸 사람이 없었던지 내 작품만 가작으로 당선이 되어 상을 받고 보니 당장 작가가 된 것처럼 기분이 좋았다.

그후 나름대로 소설을 쓴다고 습작을 하기는 했으나 신문사 기자, 대학생 불교연합회, 서화회, ROTC 훈련 등으로 너무나 바쁘게 생활을 하다 보니 거의 작품을 쓰지 못하였다.

대학을 졸업한 후, 군복무를 하면서 반드시 대학원에 가야겠다는 결심을 하였다. 그리고 대학원에 진학하여 공부를 하다 보니 논문에 대한 부담으로 창작에 대해서는 거의 관심을 쓸 수가 없었다.

그 뒤 원광고등학교에 근무하면서 한국문인협회 익산지부에 가입하여 글을 써야겠다는 결심을 하였다. 그런데 마침 문협에 사정이 있어 들어가자마자 3년간 사무국장을 맡게 되었고, 편집국장과, 부지부장, 지부장 등을 역임하며 익산문학에 수필과 소설, 평론 등을 발표하게 되었다.

나의 문학에 대한 관심은 소설을 쓰는 것이고 소설을 연구하는 일이었다. 그리하여 소설로 등단을 하기 위해 '귀소' '생가' 등의 작품을 썼으나 학교일도 바쁜데 소설을 쓴다는 것은 쉬운 일이 아니어서 스스로 포기를 하고 말았다.

그리고 마침 동인회인 '익산수필문학회' 가 조직되면서 하재준 선생님께서 수필로 등단을 하도록 말씀을 해 주셔서 2004년 〈수필문학〉 1월호에 '닮은꼴 인생' 으로 1차 추천을 받았고, 다시 2005년 11월호에

'독서예찬' 으로 등단이 완료되어 본격적으로 수필을 쓰게 되었다.

글이란 독자에게 감동을 주기 위해서 쓴다. 그리고 감동을 통하여 독자들은 즐거움을 얻기도 하고, 교훈을 얻기도 한다. 따라서 나도 뭔가 감동을 주는 글을 쓰기 위해 많은 책을 읽고, 많이 생각하며, 많은 글을 썼으나 별로 감동적인 글이 되지 못한 것 같아 아쉬움이 많다.

문학인 중에는 사회를 비판하고 변화시키기 위해서 글을 쓰는 사람이 많다. 그러나 나는 사회에 대한 관심보다는 '인생이란 무엇인가?', '인간이란 무엇인가?' 등 인생의 근원적인 문제에 대해 생각하고 고민한 내용을 글로 썼다. 따라서 내 글을 읽고 삶에 대해 조금이라도 용기를 얻고 위안을 얻을 수 있다면 더 이상 바랄 것이 없다.

나는 중학교 때 국어선생님께서 매일 일기를 쓰도록 강조하고 검사하여 억지로 일기를 쓰던 것이 습관이 되어 지금도 매일 일기를 쓰고 있다. 잘 쓰고 못 쓰고를 떠나 일단 쓰고 싶고, 할 말이 많을 때는 대학노트 몇 장을 쓰기도 했다.

나는 지금도 이순신 장군의 〈난중일기〉를 생각하며 항상 교훈으로 삼고 있다. 이순신 장군은 언제 목숨을 잃을지도 모르는 전란 중에도 매일 일기를 썼다. 참으로 귀중한 자료가 되고, 대단한 일이 아닐 수 없다. 그 때에 비하면 지금은 일기를 쓰는데 너무나 조건이 좋다. 마음만 먹으면 얼마든지 쓸 수 있다. 어느 때는 일기 쓰기가 귀찮고 마음이 나태해질 때도 있다. 그 때는 〈난중일기〉를 생각하며 일기를 쓴다.

수필은 일반적으로 강이나 호수, 그리고 계절의 변화 등에 대한 느낌과 삶에서 느낀 경험 등을 소재로 글을 쓴다. 그러나 나는 자연이나 생활에 대한 감상보다는 딱딱하고 재미는 없으나 교육이나 종교, 역사와 관련된 지적인 글을 쓰려고 노력을 했고, 그런 내용의 글이 많은 편이다.

수필은 흔히 시나 소설에 비해 '수필도 문학이냐?' 라고 홀대를 받는 경향이 있다. 시나 소설에 비해 이해하기도 쉽고, 쓰기도 쉽기 때문이다. 그러나 수필은 수필 나름의 독특한 매력이 있다. 내용이 너무나 솔직하고 교훈적이기 때문에 읽으면 읽을수록 재미가 있다.

훌륭한 문학 작품을 쓰려면 선천적으로 타고난 재능이 있어야 하고 후천적으로 많은 노력을 해야 한다. 그런데 나는 선천적으로 문학에 대한 재능도 부족하고 또 학교생활을 핑계로 노력도 게을리 하기 때문에 문학인이라고 하기에 부끄러움을 느낄 때가 많다.

그러나 나는 진심으로 문학을 사랑하고, 문학 작품을 읽으면 그렇게 행복할 수가 없다.

문학인들과 생활을 하다 보면 문학인들은 대체로 사회를 비판하고, 문명을 비판하는 사람들이 많다. 그리고 가정이나 직장에 충실하기보다는 아웃사이더적인 기질이 있는 사람들이 많다.

그러나 나는 문학인도 건전한 생활인이어야 된다고 생각한다. 문학인이라고 하여 지나치게 사회를 원망하며 기인처럼 행동을 하는 것은 체질에 맞지 않는다.

문학인이기 때문에 더욱 진실하고, 문학인이기 때문에 더욱 성실해야 하며, 사회의 공인으로서 인격적으로 존경받는 사람이 되어야 한다. 세상을 비관하며 염세적인 자세로 글을 쓰는 것이 아니라, 작품 한

편을 쓰더라도 진지한 자세로 고치고 또 고치며, 최선을 다하여 글을 쓰는 문학인이고 싶다.

모든 생명을 존중하고, 인간과 인격을 존중하며, 인간을 사랑하는 밝고 따뜻한 마음으로 문학을 하고 글을 쓰고 싶다.

시낭송

아침 일찍 전화가 왔다. 한국문인협회 사무처장이라고 한다. 용건을 물었더니 한국문인협회 김년균 이사장님을 바꾸어 준다. '무슨 일로 전화를 했을까?' 긴장이 되었다.

이사장님께서는 뭔가 열심히 설명을 하면서 협조를 부탁하였다. 나 역시 자세한 내용도 모르면서 "예예, 그렇게 하겠습니다."라고 대답을 하였다.

알고 보니 문광부와 조선일보에서 전국적으로 책읽기 캠페인을 벌이고 있는데 5월 15일에 익산문인협회에서 행사를 주관해 주었으면 한다. 익산문협의 원로이신 채교수님과도 이미 상의가 되었으니 원대에서 하면 크게 어려운 일은 아닐 것이라고 하였다.

이사장님의 전화를 받고 보니 기분이 좋았다. 회장 임기도 얼마 남지 않았는데, 이런 기회에 익산문인협회를 대외적으로 홍보할 수 있으니 잘되었다고 생각되었다.

다음날 본부에 전화를 걸어 타 지역에서 행사한 내용과 식순을 보내 달라고 했더니, 서울과 경주, 안면도 등에서 실시한 내용을 보내왔다. 그런데 서울에서는 김남조, 황금찬 시인이 직접 행사에 참여하여 자작 시를 낭송하기도 하고, 꽃 박람회가 실시된 안면도에서는 도지사가 참가하여 축사를 하는 등 작은 행사가 아니었다.

이미 날짜는 열흘도 남지 않았는데 덜컥 겁이 났다. 이런 행사인 줄 알았다면 처음부터 거절을 했어야 하는데 너무나 후회가 되었다.

다음 날 다급한 마음으로 원대 박교수님께 전화를 했다. 박교수님께서는 강의를 받는 100여 명의 학생을 동원하여 행사를 치르면 되니까 걱정하지 말라고 위로를 한다. 조금은 안심이 되었다.

그런데 다음날 다시 전화가 왔다. 15일이 마침 개교기념일이라서 학생들이 쉬기 때문에 할 수가 없고, 시립도서관에서 문학 강의를 받는 사람들이 스무 명쯤 되니까 영등도서관 시청각실에서 했으면 좋겠다고 한다.

다급한 마음에 도서관에 갔다. 그리고 담당자의 소개로 도서관장을 만났더니 "도서관에서 그 행사를 유치하려고 신청을 했는데 마침 잘됐네요."라고 반색을 한다. 하늘이 무너져도 솟아날 구멍이 있다더니, 천군만마를 얻은 기분이었다.

날짜와 장소가 결정이 되고 보니 이제는 무슨 내용으로 시낭송을 해야 할 지 막연하였다. 그리하여 우리 고장을 대표하는 가람 이병기 선생의 작품을 중심으로 낭송을 하되, 시조만 읽으면 재미가 없으니까 전북 출신인 서정주, 신석정의 시를 함께 낭송하기로 하였다.

다음은 행사에 참가할 일반인들이 100명 이상은 되어야 하는데 과연 시낭송에 관심을 갖고 참가할 사람이 얼마나 될지 고민이었다.

그런데 막상 시작을 하고보니 문인협회 회원들과 학부모, 교사, 그리고 일반인 등 130여 명이 참가하여 무사히 행사를 시작하였다. 내빈 역시 김년균 한국문인협회 이사장님과 교육장, 도의원, 교육위원, 시의원 등이 참가하여 축하를 해주었고, 시낭송 역시 전문적으로 낭송을 하는 분이 몇 분 참가하여 멋지게 시낭송을 해주었다.

시낭송이 끝난 뒤에 여러 사람들이 "시낭송을 어떻게 하나? 궁금했는데 매우 감동적이었다."고 위로를 하니 그동안의 피로가 말끔히 풀리는 듯하였다.

요즘 시낭송이나 문학 강연 행사를 추진하다보면 사람들의 무관심으로 자리를 채우기가 힘들다. 과거에는 문학 강연이나 시낭송, 시화전을 하면 사람들이 북적거리고 관심이 많았는데 언제부턴가 문학 행사는 대중의 관심에서 멀어지기 시작하였다.

물론 문학 행사만이 대중의 관심에서 멀어진 것은 아니다. 음악이나 미술, 연극 등 정적인 모든 예술활동이 차츰 대중으로부터 소외되고, 영상매체를 통한 예술활동 즉, 인기 탤런트나 배우, 스포츠 등이 사람들의 관심을 독차지 하고 있다.

세상은 창조와 소멸을 반복하면서 끝없이 변화되고 있다. 과거에는 시인이나 소설가라면 최고의 인기 스타였다. 우리나라에서도 이광수나 최남선 등은 최고의 선각자요 모든 여성들이 가장 좋아하는 인기를 누렸다. 특히 노벨문학상을 받은 시인이나 작가는 마치 성자처럼 위대한 사람으로 존경을 받았다.

문학은 모든 예술 활동 중에서 가장 고매한 예술 활동이다. 그런데 세상은 변했다. 시인들이 아무리 열심히 시를 써서 시집을 내도 사람들이 거들떠보지도 않는다.

아름다운 목소리와 아름다운 음악을 바탕으로 아름다운 시를 감상하는 것은 정말 아름다운 일이다. 그런데 지금은 무대 위에서 물구나무를 서고 뱅뱅 돌며 연체동물처럼 몸을 흔들어야 사람들이 모이고 인정을 받는 세상이 되었다.

책의 날

금년 여름에 책을 정리하다 보니 활자가 작아 읽기도 어렵고, 앞으로도 읽을 것 같지 않은 책들이 많아 삼백 여 권의 책을 재활용 폐지로 버리게 되었다. 옛날에는 꼭 필요한 책이어서 비싼 돈을 주고 샀지만 이십 여 년의 세월이 흐르면서 누렇게 퇴색이 되고 쓸모가 없어 버린다고 생각하니, 사랑하는 자녀와 이별을 하는 것처럼 마음이 아팠다.

아울러 한 권의 책이 완성되기까지 저자를 비롯한 많은 사람들이 엄청난 노력을 기울인 것을 생각하면 속으로 미안하기도 하였다.

그런데 헌책 중에서도 값이 비싸고 가치가 있는 책은 차마 버리기가 아까워 헌책을 취급하는 서점에 가지고 갔다.

그런데 어떤 사람이 헌책을 트럭에 가득 싣고 와서 묻는 소리가 들렸다.

"책을 어디에 내려놓아야 됩니까?"

그 말을 듣고 서점에서 일하는 젊은 점원 하나가 얼굴에 내천 자를 쓰고 욕을 하였다.

"에이, 저놈의 책 또 가져왔네."

나는 순간적으로 '나도 헌책을 가져왔는데 내 책도 저렇게 천대를 받겠구나.' 라는 생각이 들어 아무 말도 못하고 도로 집으로 가지고 온 적이 있다.

예전에는 책이 귀했기 때문에 책을 함부로 하거나 버리지 않았다. 그리고 새 책을 사면 맨 앞장이나 뒷장의 깨끗한 곳에 정성을 들여 이름을 쓰고 무슨 큰 보물이나 되는 듯이 이곳저곳을 넘겨보며 소중하게 보관을 하였다. 심지어 새 학년이 되어 교과서를 받으면 표지가 떨어지지 않도록 다른 종이로 싸서 가지고 다니다가 동생에게 물려주기도 하였다.

그런데 지금은 인쇄술의 발달로 매일 수많은 신간 서적이 쏟아져 나오고, 내용 역시 자주 바뀌기 때문에 한 번 읽고 버리는 일회성 책들이 많다. 그리고 영상 매체와 인터넷을 통해 지식과 정보를 얻는 사람이 많기 때문에 책을 덜 읽는 것도 사실이다.

매년 4월 23일은 '세계 책의 날world book day' 이라고 한다. 이 날은 1995년 유네스코가 세계인의 독서증진을 위해 정했다고 하는데, 에스파냐의 카탈루냐 지방에서 책을 읽는 사람에게 꽃을 선물하던 세인트 조지 축일과, 1616년 세르반테스와 셰익스피어가 죽은 날을 기념하여 만들었다고 한다.

해마다 많은 기념일이 있지만 책과 더불어 평생을 살아가고 있는 교육자들에게 '책의 날' 은 그 어느 날보다 뜻 깊고 소중한 날이 아닐 수 없다.

만우절

아침 식사를 하는데 입가에 밥풀이 붙었다고 아내가 흉을 보았다. 당연히 밥풀이 붙은 줄 알고 입을 닦았다. 아내가 큰 소리로 웃으며, 오늘 만우절도 모르느냐고 한다. 아침부터 한방 먹은 것이다.

출근을 하여 교실에 들어가다가 복도에서 가림이라는 학생을 만났다. 반갑게 인사를 한다. 갑자기 놀려 주고 싶은 생각이 나서 "너 입가에 뭐 붙었다."고 했더니 그 학생이 깜짝 놀라면서 "어디요?"하였다. "야, 만우절도 모르냐?"했더니 "선생님 왜 그래요?"라고 눈을 동그랗게 뜨고 화를 내며 교실로 들어간다. 아침에 속은 분풀이를 멋지게 한 것이다.

5교시 수업이 시작되어 교실에 들어가려고 하는데 한 학생이 쪼르르 달려와 "가림이가 배가 아프대요. 양호실에 좀 보내주세요."하였다. 알았다고 대답을 하고 교실에 들어갔더니 정말로 배가 아픈 듯 책상에 엎드려 있었다. 아침에 놀린 일 때문에 미안한 생각이 들어서 "아프면 양호실에 가야지."하면서 허락을 하였다.

그랬더니 그 학생이 힘없이 일어나 몇 걸음을 걷더니 앞으로 퍽하고 고꾸라졌다. 나도 모르게 당황이 되어 학생을 일으키려고 했더니 꼼짝도 않는다. 학생들에게 부탁을 하여 겨우 일으켜 놓았더니 학생들이 와아 하고 웃는다. "아이쿠, 만우절 때문에 한방 맞았구나."하면서 나 또한 학생들의 애교 섞인 재치에 큰 소리로 웃고 말았다.

만우절April Fool's Day은 맨 처음 프랑스에서 유래되었다고 한다. 오래 전부터 프랑스에서는 봄이 시작되는 4월 1일을 새해로 여겼는데 1562년에 샤를 9세가 새해를 1월 1일로 바꾸었다고 한다. 그런데 사람들은 옛날의 습관을 버리지 못하고 4월 1일에 새해 나들이도 하고 선물 교환도 하였다고 한다. 그러자 1월 1일을 새해로 지내는 사람들이 그 사람들을 '4월의 바보April Fool' 라고 놀리게 되어 4월 1일을 바보의 날로 정하게 되었다고 한다.

우리나라에도 첫눈 내리는 날에 궁인들이 왕을 속이는 풍속이 있었는데, 그래도 너그럽게 눈감아 줬다고 하니 어떻게 생각하면 우리나라의 만우절이 훨씬 멋이 있고 낭만적이었다는 생각이 든다.

사람이 일생 동안 거짓말을 하지 않고 진실하게 세상을 살아간다면 이 세상은 유리알처럼 투명하고 온갖 범죄가 사라지리라 생각된다. 그리하여 세상에는 경찰서도 필요 없을 것이고, 법원도 필요 없을 것이며, 세상은 지상 낙원이 될 것이다.

그러나 그것은 하나의 이상일 뿐, 세상에는 남을 속이려는 무서운 음모와 거짓이 판을 치고 있다. 그리하여 하룻밤 사이에 많은 재산을

인간의 생명은 둘도 없이 귀중한 것인데도,
우리들은 언제나 어떤 것이 생명보다 훨씬 더
큰 가치를 갖고 있는 듯이 행동한다.
그러나 그 어떤 것이란 무엇인가?

– 생 떽쥐페리

날리고 자살을 하는 사람도 있고, 사기 결혼을 당하여 일생 동안 고통을 당하는 사람도 있다.

그런데 거짓말은 꼭 나쁜 것만은 아니다. 악의의 거짓말은 사람을 괴롭히지만 선의의 거짓말은 사람을 즐겁게 하고, 세상을 바르게 살아가도록 깨우쳐 준다.

어떤 떡장수 할머니가 떡을 팔려고 하는데 호랑이가 나타나 "떡 하나 주면 안 잡아먹지."하며 거짓말을 한다. 할머니는 호랑이의 말을 믿고 떡 하나를 주지만 호랑이는 또 하나를 달라고 한다. 그리고 주지 않으면 잡아먹겠다고 위협을 한다.

할머니는 결국 자신이 가지고 있는 떡을 모두 빼앗기고 목숨마저 잃는다. 할머니를 잡아먹은 호랑이는 집안에 있는 아이들을 잡아먹기 위해 온갖 거짓말을 한다. 그리고 마침내 호랑이는 나무 위에까지 올라가게 된다. 그때 아이들은 간절한 마음으로 살려달라고 기도를 한다. 이것을 본 호랑이 역시 기도를 한다. 그런데 아이들에게는 새 동아줄이 내려왔지만 호랑이에게는 썩은 동아줄이 내려와 수수밭에 떨어져 피를 흘리며 죽는다. 아이들은 해가 되고 달이 된다.

이 이야기는 할머니가 떡을 파는 것은 사실이지만 호랑이가 말을 하는 것은 사실이 아니다. 하늘에서 동아줄이 내려오고, 아이들이 해가 되고, 달이 되는 것도 사실이 아니다. 그리고 호랑이가 수수밭에 떨어져 날카로운 수수 그루터기에 찔려 피를 흘린다는 것도 사실이 아니다. 그러나 이 이야기는 사실이 아닌 줄 알면서도 재미있다. 선의의 거짓말이기 때문이다.

전래되는 많은 이야기들은 사실적인 내용보다 허구적인 부분이 많다. 까치나 두꺼비가 은혜를 갚았다는 이야기에서부터 손오공, 백설공주, 신데렐라, 해리포터 이야기까지 인간은 선의의 거짓말을 즐기며 살고 있다.

선의의 거짓말은 우리 사회를 즐겁게 한다. 아무리 어렵고 가난하게 사는 사람이라 하더라도 "당신은 10년 후에 이 나라 최고의 부자가 될 거요."라고 한다면 누가 자살을 하며, 인생을 비관하겠는가?

얼굴이 못생긴 여학생에게 "너 참 얼굴이 못생겼구나. 누가 너를 데려갈 지 걱정이구나."라고 사실대로 말하는 것보다 "얼굴이 참 복스럽게 생겼구나. 맏며느리감이야"라고 말한다면 누구나 고맙게 생각할 것이다.

남을 속이는 일은 결코 칭찬 받을 일이 아니다. 그러나 선의의 거짓말은 사람들에게 위안을 주고 용기를 준다. 따라서 만우절 단 하루만이라도 선의의 거짓말로 상대를 즐겁게 해주었으면 한다.

위하여

언제부터 이런 풍습이 생겼는지 모르지만, 단체로 술을 마실 때면 으레 지위가 높은 분이 건배를 제의하는 경우가 많다. "자아, 잔이 채워졌으면 제가 건배를 제의하도록 하겠습니다. 학교 발전과 선생님들의 건강을, 위하여." 그러면 자리에 있는 모든 사람들이 큰 소리로 "위하여"를 외친 뒤 술을 마시게 된다.

허물없이 모인 친구나 동료 직원들과 술을 마실 때에도 마찬가지다. 일단 잔을 부딪치며 '위하여'를 외쳐야 마음이 가벼워지고 술맛이 난다.

사람은 누구나 술 한잔만 마셔도 '위하여'를 외치는 것처럼, 꿈과 이상이 있고, 나름대로 간절한 목표가 있다.

슈바이처는 그의 나이 22세 때 '30세까지는 나를 위해 학문과 예술을 위해 살고, 30세 이후에는 남을 위해 열심히 봉사하는 삶을 살겠다.'는 목표를 세웠다는 글을 읽고 크게 감명을 받은 적이 있다. 그리하여 나 자신도 '30세까지는 나를 위해 살고, 30세 이후에는 학생들을 위해 살아야겠다.' 는 다짐을 한 적이 있다.

우리나라의 고등학생들은 정말 초인적으로 공부를 한다. 조금 심하게 말하면 거의 초죽음이 될 정도로 공부를 한다고 해도 과언이 아니다. 오전 8시에 수업을 시작하여 밤 10시쯤 야간자율학습이 끝나는 학교가 대부분이고, 심지어 어떤 학교는 새벽 1시까지 자율학습을 하는 학교도 있다.

공부에 시달리는 학생을 붙잡고 "누구를 위하여 공부하지?"라고 물으면 학생들은 얼른 대답을 하지 못하고 망설이다가 "저를 위해서요." 라고 대답을 한다. "그래? 너를 위하여 공부하는 것은 당연한 일이고, 부모님을 위해 공부하는 건 아니고?"라고 물으면 미안한 듯한 표정으로 "부모님을 위해서 공부해요."라고 대답을 하는 학생들이 많다.

지금 생각해 보면 우리 세대의 대다수 학생들이 그랬던 것처럼, 나 역시 부모님의 걱정을 조금이라도 덜어드리고, 부모님을 즐겁게 해드리기 위해 공부를 했다는 생각이 든다.

따라서 학생들에게 "너 자신을 위해 공부한다고 생각하지 말고 부모님을 위해 공부한다고 생각하라."고 강조한다. 부모님을 위해 공부한다고 생각하면 힘도 덜 들고 용기가 생기기 때문이다.

많은 학생들이 부모님을 위해 열심히 공부하는 것처럼, 사람에 따라서는 국가를 위하고, 민족을 위하며, 인류를 위하여 자신의 생명을 바치는 사람도 많다. 이순신, 안중근, 윤봉길, 유관순 같은 사람은 국가와 민족을 위해 자신의 소중한 목숨을 바쳤고, 석가나 예수, 슈바이처는 인류를 위하여 목숨을 바친 분들이다.

친구의 딸이 공부를 않고 놀기만 하여 속이 상했는데, 공부 잘하는 남자 친구가 생기면서부터 열심히 공부한다는 말을 듣고 크게 웃은 적이 있다.

짧은 인생을 살면서 누군가를 '위하여' 사는 사람은 행복한 사람이다. '위하여' 라는 말 속에 어떤 주술적 힘이 있는지는 모르지만, 남을 위하여 살아가는 사람은 대부분 초인적 힘을 발휘하는 사람들이 많기 때문이다.

"호랑이는 가죽을 남기고, 사람은 가족을 남긴다."는 말처럼, 대다수의 평범한 사람들은 부모나 처자를 위하여 살고, 위대한 사람들은 국가나 민족을 위하여 일생을 산다.

오늘도 큰 소리로 '위하여' 를 외치며 술을 마셨다. 그리고 국가와 민족, 학교, 부모, 처자를 위해 건강해야 한다고 생각하였다.

모두가 아름다운 세상

대학교 때 R.O.T.C. 훈련을 받고 소위로 임관하여 천하 1사단이라 불리는 전진부대에서 근무를 하게 되었다. 갈대가 무성한 임진강을 바라보며 최강의 부대라는 자부심으로 사기가 충천하였다.

그런데 이게 웬일인가? 막상 부대에 배치되어 소대원들을 보니 복장이 말이 아니었다. 군복은 대부분 탈색이 되어 누런 복장이었고, 통일화 신발에 삽이나 괭이를 메고 "사나이로 태어나서 할 일도 많다만"이라는 군가를 부르며 하루 종일 작업에 시달리는 소대원들을 보니 너무나 실망이 컸다. 내가 늘 보았던 멋있는 군복과 군화는 관물대에 잘 보관해 두었다가 휴가 때와 중요한 행사 때만 사용을 하고, 평소에는 C급 군복을 입고 생활하고 있었다. 그런데 나는 평상시에도 A급 군복을 입고 생활하는 것으로 착각을 하였다.

미스코리아 선발대회를 보면 최고의 미인들이 수영복 차림으로 사뿐사뿐 무대를 걷는다. 그러나 모든 사람들의 부러움과 찬사를 받는 미스코리아도 집에서는 화장도 하지 않은 얼굴로 밥도 짓고 국도 끓이며 평범하게 살아가리라.

유명 탤런트도 마찬가지다. 그들도 화면에 나타난 모습은 마치 하늘의 별처럼 아름답고 청순가련하지만 현실적으로는 밤새껏 대사를 외워야 하고, 힘들게 분장을 하며, 연기를 위해 피나는 노력을 한다.

좋은 시나 소설, 수필을 읽다 보면 시인이나 작가는 마치 타고르나 헤밍웨이처럼 덥수룩하게 수염이 나고, 돗수 높은 안경을 쓴 보통사람과는 다른 모습을 연상한다. 그러나 대부분의 문학인들은 수염도 없고, 보통사람과 큰 차이가 없다.

초등학교 때 선생님들은 화장실에도 가지 않고 학생들을 가르치는 줄 알았다. 그러나 내가 교직 생활을 하며 학생들을 가르쳐 보니 화장실에도 가고, 술도 마시며, 실수를 하는 선생님도 많다.

사람은 누구나 유명 배우나 탤런트의 화려한 외모와 인기를 부러워하며, 그들은 마치 드라마 속의 주인공처럼 아름답게 살아가는 것으로 착각을 한다. 그러나 그들도 무대에 서서 연기를 할 때만 화려할 뿐 평상시에는 보통 사람처럼 평범하게 생활을 한다.

그러나 이러한 이중적 생활은 결코 비난 받을 일이 아니라 오히려 칭찬을 받아야 할 일이라 생각된다. 평범한 보통 사람들도 조금이라도 아름답게 보이려고 귀걸이를 하고, 진하게 화장을 하며, 얼마나 외모에 신경을 쓰고 있는가?

집에서는 비록 허름한 옷을 입고 막일을 하지만, 결혼식장이나 중요한 행사장에 갈 때는 까만 양복을 쪽 빼입고 정장을 해야 하고, 군인들도 평소에는 얼굴이 까맣게 고생을 하며 훈련에 시달리지만 휴가 때만이라도 A급 군복을 입고 멋있게 시내를 활보해야 한다.

평소보다 옷을 단정하게 입고, 멋있게 보이려고 하는 것은 결코 남을 속이거나 거짓된 삶이 아니라 남을 위한 배려요, 예의며, 너무나 솔직한 것이 오히려 결례가 되기도 한다.

모든 남자들이 배용준처럼 미남은 아니지만 겨울연가에 나오는 배용준처럼 멋있게 말하고, 멋있게 행동한다면 얼마나 좋을까? 모든 여성들이 이영애처럼 미인은 아니지만 대장금에 나오는 이영애처럼 아름답게 말하고, 아름답게 행동했으면 좋겠다.

현대사회는 감성의 사회요 디자인의 시대라 한다. 과거에는 아름다운 음악을 즐기고, 아름다운 미술 작품을 감상하기를 좋아했지만 지금은 음악이나 미술뿐 아니라 도시 전체가 아름다워야 하고 길거리를 오가는 자동차나 작은 휴대폰 하나도 아름다워야 한다.

같은 값이면 다홍치마라는 말처럼, 같은 값이면 아름다운 세상이었으면 한다. 모든 사람들이 생명을 존중하고, 인간과 인격을 존중하며, 아름다운 생각을 하고, 아름답게 말하며, 아름답게 행동했으면 한다.

나 하나 아름다운 생각을 한다고, 어느 세월에 세상이 아름다워지겠느냐고 포기할 것이 아니라, 모두가 아름다운 세상이 되도록 노력했으면 한다. 그리하여 보석처럼 아름다운 세상이 되었으면 한다.

감자

김동인의 단편 소설인 〈감자〉는 싸움, 간통, 살인, 죽음 등 스토리가 매우 충격적인 내용으로 되어 있다.

〈감자〉의 주인공 복녀는 가난하기는 하나 정직한 가정에서 규칙 있게 자라난 농민의 딸로 열다섯 살에 동네 홀아비에게 80원에 팔려 시집을 가게 된다. 그런데 복녀의 남편은 나이가 스무 살이나 많고 극도로 게으른 사람이어서 그들은 결국 칠성문 밖 빈민굴에서 살게 되었다. 복녀는 얼마 후 송충이를 잡는 일을 하다가 감독과 정을 통하기도 하고, 거지와 매음을 하기도 하며, 도덕적으로 타락한 생활을 한다.

가을이 되어 왕서방의 감자(고구마)밭에 들어가 감자를 훔치다가 왕서방에게 들켜 관계를 맺게 되고, 그 후에는 남편의 묵인 하에 자주 관계를 가지게 된다.

그런데 다음해 봄이 되어 왕서방은 돈 백 원을 주고 어떤 처녀를 아내로 맞이하게 된다. 그러자 복녀는 왕서방에게 찾아가 행패를 부리며 자기 집으로 가자고 한다. 왕서방이 거절을 하며 복녀를 뿌리치자 쓰러진 복녀는 낫을 들고 왕서방을 죽이려한다. 그러나 복녀의 손에 들린 낫은 왕서방의 손으로 넘어가 복녀는 피를 쏟으면서 죽음을 당한다. 사흘 후 복녀의 남편과 한방의사는 왕서방으로부터 돈을 받는다. 그리고 뇌일혈로 죽었다는 진단을 내린 뒤 공동묘지에 묻는다.

이 작품의 스토리는 불행한 한 여인의 삶에 대한 이야기지만, 작가의 의도는 '사람의 운명은 개인의 의지로 좌우되는 것이 아니라 주어진 환경에 따라 행복할 수도 있고 불행할 수도 있다.' 는 것을 강조하고 있다.

복녀가 좋은 환경에서 태어나 좋은 남편을 만났다면 당연히 행복한 인생을 살았겠지만 게으르고 무능한 남편을 만났기 때문에 불행할 수밖에 없다는 것이다. 따라서 작가는 일제 강점기 시대에 살고 있는 우리 민족은 누구나 불행할 수밖에 없다는 점을 은연중 암시하고 있다.

인간은 평등하다고 한다. 그러나 이 말은 그렇게 되었으면 좋겠다는 말이지 실제로는 태어날 때부터 차이가 많고 평등하지 않다.

어떤 사람은 왕자로 태어나 왕이 되는 사람이 있는가 하면, 어떤 사람은 거지의 아들로 태어나 평생 동안 구걸을 다니는 사람이 있고, 가난한 나라에서 태어난 아이는 굶주림을 견디지 못해 배고픔으로 죽기도 한다.

그리하여 많은 사람들은 이러한 문제를 해결하기 위해 절대자를 믿기도 하고, 마음공부를 하기도 하지만, 과학이 눈부시게 발달하면서 인간은 절대자에 대한 의지나 마음공부보다는 유전과 환경에 의해 행복과 불행이 좌우된다는 새로운 생각을 하게 되었다.

즉 복녀의 불행은 그녀가 신앙심이 없고, 마음공부가 부족해서가 아니라 환경이 나빴기 때문이며, 흑인은 저주를 받아서가 아니라 열대 지방에서 살기 때문에 자연히 검은 피부를 가질 수밖에 없다고 생각하게 된 것이다.

나는 농촌에서 태어나 농촌에서 자랐기 때문에 도시의 부유한 가정에서 태어난 사람을 크게 부러워한 적이 있다. 특히 서울에서 살고 있는 친척이 시골에 내려오면 그렇게 부러울 수가 없었다. 그리고 어떤 사람은 부모를 잘 만나서 좋은 환경에서 공부하는데, 나는 왜 시골에서 태어나 이렇게 고생을 해야만 하는가? 하고 부모를 원망한 적도 있다.

그러나 인류 역사를 보면 좋은 환경에서 태어난 사람은 모두 행복하고, 나쁜 환경에서 살아가는 사람은 모두 불행한 것은 아니다. 아무리 부유한 가정에서 태어난 사람이라 하더라도 불행한 삶을 살기도 하고, 비록 가난한 집에서 태어났지만 열심히 노력하여 큰 부자가 되고 행복한 삶을 사는 사람도 있다.

인간은 누구나 사회라는 공간을 떠나 살아갈 수 없기 때문에 환경의 지배를 받을 수밖에 없다고 생각한다. 그러나 아무리 환경이 나쁘고 어쩔 수 없다 하더라도 열심히 노력하여 환경을 극복하는 지혜가 있었으면 한다. 감자의 주인공 복녀를 통하여 새삼스럽게 환경의 소중함을 생각해 본다.

바지

지금도 이런 나라가 있다니 웃음이 절로 나오고 믿어지지 않는다. 아프리카 수단의 여성 언론인이자 유엔 직원인 한 여성이 레스토랑에서 전통의상이 아닌 바지를 입고 식사를 했다는 이유로 현장에서 체포되었다고 한다. 많은 여성들이 '바지를 입을 권리'를 달라며 시위에 나섰고, 정부는 이들을 향해 최루액과 물대포를 쏘며 바지를 입지 못하게 했다고 한다.

옛날에는 우리나라도 마찬가지였다. 왕과 귀족과 평민의 신분을 옷으로 나누었으며, 남녀노소의 차이도 옷이나 머리모양으로 구별을 하였다. 그리하여 빨간색 곤룡포에 왕관을 쓴 임금은 최고의 위엄과 권위를 상징하였다.

어떤 사람이 꿈에 빨간 옷을 입은 것이 신기하여 친구에게 자랑을 했는데, 그 말을 들은 친구는 그 사람이 평소 왕이 되고 싶었기 때문에 그런 불경한 꿈을 꾸었다고 일러 바쳐 죽음을 당하는 웃지 못할 일도 있었다고 한다.

그러나 누군가 조선시대에 왕이 입던 빨간 옷을 입고 근엄한 표정으로 서울역에 나타났다고 하면, 그것은 만인의 존경을 받는 것이 아니라 모든 사람의 비웃음을 당할 일이다.

민족에 따라 차이가 있기는 하지만 바지는 주로 남자들이 즐겨 입었고 치마는 여성들이 즐겨 입었다. 바지는 일을 하거나 말을 탈 때 편리하기 때문이고, 치마는 아름답기 때문이다.

동서양을 막론하고 남녀의 차별이 없는 나라는 거의 없었던 것 같다. 남자는 힘이 세고 동작이 빠르지만 여자는 힘이 약하고 느리기 때문에 힘센 자가 우대받는 시대에는 그럴 수밖에 없었다는 생각도 든다.

인간은 남녀는 말할 것도 없고, 적자나 서자, 양반과 백정, 가진 자나 못가진 자나 인격적으로 평등하게 대우받아야 한다. 남자라고 축복을 받고 여자라고 무시당해도 안 되며, 양반의 아들이라고 존대를 받고, 백정의 아들이라고 천대받으며 살아서는 안 된다. 남자나 여자, 신분의 고하를 막론하고, 근면하고 성실하며 능력있는 사람은 누구나 인정받고 존중받는 사회가 되어야 한다.

선조 때의 허균은 '이달'이라는 스승이 문장과 학문에 재주는 있으나 서자라는 이유로 많은 차별을 당하는 것을 보고 분개하여 〈홍길동전〉이라는 작품을 썼다. 그리고 적서차별의 철폐를 부르짖다가 사형을 당한 선각자이다.

남아선호사상이나 남녀의 차별은 아직도 완전히 사라진 것이 아니다. 미국과 같은 선진 국가에서도 여성이 바지를 입고 거리를 활보한 지

오래지만, 역대 대통령 중 여성이 절반이라는 말을 들어본 적이 없다.

우리나라가 오랜 진통을 거쳐 남녀가 평등하고 살기 좋은 나라가 된 것처럼, 수단의 모든 여성들도 하루 빨리 바지를 입고 식사를 즐기는 살기 좋은 나라가 되었으면 한다.

서동요

SBS에서 '서동요' 라는 제목의 드라마를 방영한 적이 있다. 서동 설화는 우리 익산의 이야기이고, 서동설화에 대하여 논문을 발표한 적도 있어서 역사적 사실을 어떻게 드라마로 엮어갈지 궁금한 마음으로 호기심을 가지고 시청을 하였다.

그런데 작가는 처음부터 역사적 사실과는 거리가 먼 내용으로 이야기를 풀어가기 시작하였다. 그리하여 '어? 무왕은 위덕왕의 아들이 아니라 법왕의 아들인데?' 라고 다소 불안한 마음으로 시청을 했는데, 몇 번 시청을 하다 보니 나도 모르게 차츰 이야기에 끌려 들어가 재미있게 시청을 하였다.

서동 설화는 미륵사지 창건 연기 설화이다. 따라서 사실적 내용보다는 상징적 의미가 많기 때문에 1400여 년 전의 이야기를 영상으로 재현한다는 것은 매우 어려움이 많고 고도의 작가적 역량이 없이는 불가능하다.

그런데 작가는 마치 무에서 유를 창조하듯이 선화공주와 장이를 주인공으로 하여 신라의 사택기루와 삼각관계를 만들어 무난하게 스토리를 전개시켜 갔다. 아무튼 서동요를 통하여 전국적으로 익산을 알리는 기회가 되었으니 참으로 고마운 일이 아닐 수 없다.

우리 익산에는 국보 11호인 미륵사지 석탑과 국보 44호인 왕궁리 오층 석탑, 그리고 오층 석탑에서 나온 국보 123호 금판경 등 국보가 세 개나 있다. 그 중에서도 가장 자랑할 만한 유적은 역시 미륵사지이며, 동양 최대의 석탑을 자랑하는 미륵사 석탑이다. 따라서 익산에 미륵사라는 사찰과 석탑이 없었다면 익산은 오아시스 없는 사막처럼 역사적 가치가 크게 떨어졌으리라 생각된다.

미륵사지는 경주에 있는 황룡사지보다 규모가 큰 절로 현재 발굴된 주춧돌만 보더라도 당시의 크기와 웅장함을 짐작케 한다. 그러나 서기 640년대에 지어진 미륵사는 안타깝게도 백제의 멸망과 함께 제대로 관리가 되지 못하고 폐사가 되어 흔적조차 찾을 수 없고, 다행히 절 앞에 세워져 있었다는 세 개의 탑 중 서탑만이라도 남아 있는 것이 천만다행이 아닐 수 없다.

미륵사는 유감스럽게도 우리나라에서 가장 오래된 역사책이며 정사인 〈삼국사기〉에는 단 한 줄의 기록도 없다. 〈삼국사기〉는 고려 인종 23년(1145년)에 김부식이 쓴 역사책으로 백제 30대 무왕에 관한 내용이 연도는 물론 지진이 일어난 달까지 상세하게 기록되어 있다. 그런데 무슨 까닭인지 익산과 미륵사에 대한 기록은 단 한 줄의 설명도 없다.

다행히 약 135년 후인 고려 충렬왕 때 일연 스님이 쓴 〈삼국유사〉

(1280년)에 미륵사를 창건하게 된 배경이 자세하게 기록되어 후세에 전하니 우리 익산인들에게 일연 스님은 너무나 고마운 분이 아닐 수 없다.

〈삼국유사〉의 기록에 의하면, 무왕은 대부분의 영웅설화에 나오는 주인공처럼 그 출생이 매우 특이하고 신비스럽다. 즉 현재 오금산이라 불리는 산 아래에 어떤 과부가 살고 있었는데, 마룡지라 불리는 연못의 용과 정을 통하여 서동을 낳았다고 한다. 사람이 용과 정을 통하여 아이를 낳다니, 이는 마치 처녀가 아이를 낳았다는 말처럼 과학적으로는 이해가 되지 않는다.

그런데 이 말을 사실적으로 받아들이지 않고 달리 해석을 하면 백제 29대 법왕이 부여에서 익산으로 먼 길을 왔다가 이곳 금마의 어떤 부인과 관계를 맺어 서동을 낳았다는 의미로 추측할 수도 있고, 선화공주는 멀리 신라 진평왕의 셋째 딸이 아니라 금마에서 가장 유력한 호족의 딸이 아닐까? 라는 추측을 낳기도 한다.

또한 서동은 어려서 마를 캐어 팔아 생계를 유지했다고 한다. 따라서 그 이름도 맛동이나 서동으로 불렸다고 하는데, 마는 현재도 익산의 야산에서 흔히 볼 수 있는 식물로 먹을 것이 없는 당시의 상황으로 볼 때는 매우 중요한 식물이었을 것으로 생각이 되고, 마를 캐다가 발견한 금을 팔아 인심을 얻어 훗날 왕이 되었다고 하는 것은 마와 금이 그만큼 중요한 재산이었음을 암시하고 있다.

익산의 원래 지명은 금마저이다. 그런데 금마라는 지명은 옛날의 마한이라는 의미의 '고마한'이 줄어서 '곰마'가 되고 다시 금마가 되었다고 한다. 따라서 금과 마가 많이 나는 곳이기 때문에 금마라고 불렸

한 아이에게 벌레를 밟지 말라고 가르치는 것은
벌레를 위한 것만큼이나
그 아이를 위해서도 소중한 가르침이다.

– 브래드리 밀러

을 가능성도 있고, '곰마을'로 풀이를 하면 단군신화의 곰 숭배사상이 공주와 웅포를 거쳐 금마까지 내려온 것이라는 추측을 낳기도 한다.

서동은 나이가 들어 청년이 되었을 때, 멀리 신라 진평왕의 셋째 딸 선화공주가 얼굴이 아름답다는 말을 듣고 서라벌에 가서 아이들에게 마를 나누어 주며 서동요를 부르게 했다고 한다. 그리하여 "선화공주님은 남몰래 맛동과 정을 통하고 다닌다."라는 노래가 서라벌에 퍼지게 되어 왕의 노여움을 사게 되었고, 억울하게 대궐에서 쫓겨난 선화공주는 할 수 없이 서동과 금마에 와서 살게 되었다는 것이다.

왕이 된 무왕과 선화공주가 하루는 용화산 사자사에 가게 되었는데, 용화산 아래의 큰 못 가운데서 미륵삼존이 나타남을 보고 왕비가 절을 짓자고 청하여 지명법사의 도움을 받아 절을 세웠다고 한다.

이 이야기는 대부분의 영웅설화처럼 비범한 출생과 특이한 혼인, 그리고 위대한 업적을 세웠다는 매우 허구적인 내용으로 되어 있다.

만약 이 내용이 사실이라면 이름도 없는 과부의 아들이 어떻게 신분이 다른 공주와 결혼을 하여 한 나라의 왕이 될 수 있으며, 당시에 백제와 신라가 수차례에 걸쳐 전쟁을 치를 정도로 사이가 좋지 않았는데, 선덕여왕의 동생인 선화공주와 결혼을 한다는 것도 이치에 맞지 않는다.

따라서 이 이야기는 사실 여부가 중요한 것이 아니라 백제와 신라가 서로 화해를 하고 부처님을 섬기며 평화스럽게 살았으면 하는 민중들의 간절한 소망을 설화에 담아 구전시키지 않았는가 하는 생각도 든다.

특히 절 이름이 미륵사라는 것도 우연히 지어진 것 같지는 않다. 어원적으로 볼 때 미륵이라는 말은 인도어인 메이트리아에서 온 말로 불교에서는 미래에 오실 부처님을 의미하고, 기독교에서는 메시아를 뜻한다고 한다. 그러므로 이 절에 하필이면 미륵사라는 의미를 부여한 것은 앞으로 이 땅에 새 부처님인 미륵부처님이 오시어 많은 민중들을 구원해 주기를 간절히 염원하고 있음을 알 수 있다.

그런데 지난 2009년 1월 14일 미륵사지 서탑을 해체하는 과정에서 '사리장엄'과 '금제사리봉안기' 등 많은 유물이 발견되어 세상을 깜짝 놀라게 하였다. 지금으로부터 1370년 전인 639년에 봉안한 사리장엄이 그 모습을 드러내게 되었으니 실로 기적이 아닐 수 없다.

마침 사리장엄과 유물들에 대해 특별전시회가 열려 가족들과 함께 박물관에 갔다. 먼저 경건한 마음으로 삼배를 한 뒤, 유리 속에 들어있는 진신사리를 보니 맑고 투명하며 신기하였다.

금제사리호 역시 무늬가 섬세하였고, 사리호 안에 들어있던 내호는 순금이어서 그런지 금방 만든 것처럼 금빛이 선명하였다. 또한 금제사리봉안기는 부처님에 대한 간절한 염원과 사리를 봉안하게 된 동기, 봉안자에 대한 기록이 너무나 상세하게 기록되어 있어 정말로 귀중한 자료라 생각되었다.

그런데 새로 발견된 '금제사리봉안기'에는 선화공주에 대한 언급은 없고, "좌평 사택적덕의 딸인 왕비의 간절한 요청으로 절을 짓고 사리를 봉안하였다."고 기록되어 있다. 따라서 사리봉안기의 내용으로 보면 삼국유사보다 무려 600년 전에 기록한 백제인의 기록을 사실적으로 믿을 수밖에 없다.

그렇다면 과연 선화공주는 누구인가? 삼국사기의 기록에 의하면 무왕은 600년부터 641년까지 42년이나 왕위에 있으면서 수차례 신라를 공격하는 등 매우 업적이 많은 왕이었다. 따라서 후세 사람들이 무왕의 위대함과 미륵사의 창건을 미화시키기 위해 선화공주와 결혼하였다고 할 수도 있고, 아니면 새로 발굴된 '금제사리봉안기'에는 없으나 중앙의 목조탑이나 동탑에 선화공주에 대한 기록이 있을 수도 있다.

무왕은 즉위하여 신라 진평왕과 32년이나 치열한 전투를 벌이게 된다. 그리고 선덕여왕과 10년간 전쟁을 하였다. 아들인 의자왕 역시 선덕여왕과 5년간 치열하게 전투를 한다. 따라서 선덕여왕은 재위 15년 동안 무왕과 의자왕과의 전쟁에 시달리다 목숨을 잃는다.

그런데 강하던 백제가 갑자기 나라를 읽게 되자, 망국민의 백성인 백제인들은 잃어버린 백제를 되찾기 위해 많은 노력을 한다. 따라서 삼국을 통일한 신라의 입장에서는 백제인들의 정신적 지주인 미륵사를 함부로 없앨 수도 없고, 어떻게 하면 백제인들의 마음을 돌려놓을까 고민하다가 미륵사를 신라 공주의 발원으로 지었다고 꾸며낼 수도 있다. 반대로 백제가 패망한 후에 미륵사를 지키기 위해 백제의 승려들이 꾸며낸 이야기일 수도 있다.

물론 당시의 백제인들은 사실이 아니라고 펄펄 뛰었지만 오백 여 년의 세월이 흐르는 동안 신라에 대한 반감도 사라지고, 또한 신라와 백제가 혼인관계를 맺었다는 스토리가 너무나 재미있고, 백제인들에게 불리한 이야기도 아니어서 점점 사실로 굳어진 것 같다.

우리 익산은 서동과 선화공주의 아름다운 사랑을 기리기 위해 경주시와 자매결연을 맺어 익산에서는 서동을, 경주에서는 선화공주를 선발하고 있다. 그런데 사택적덕의 딸인 왕비의 출현으로 선화공주가 익산과는 무관한 인물로 오해 받을 묘한 운명에 처해 있다.

역사와 문학은 역사가 문학이 되기도 하고, 문학이 역사가 되기도 한다. 진수의 〈삼국지〉는 역사책이지만 나관중의 〈삼국지연의〉는 문학작품인 소설이다. 그런데 후세 사람들은 허구인 〈삼국지연의〉를 더욱 좋아한다.

좌평 사택적덕의 딸인 왕비의 발원으로 절을 세운 것은 100% 인정을 한다. 그러나 너무나 당연하여 재미가 없다. 하지만 국경과 신분을 초월하여 사랑을 이룬 선화공주가 발원하여 절을 세웠다는 이야기는 스토리가 있고 재미가 있다.

춘향이나 심청은 실존 인물이 아니지만 실존 인물 이상으로 재미가 있고 많은 사람들에게 감동을 준다. 서동과 선화공주의 사랑이야기도 많은 사람들에게 감동을 준다. 그러므로 역사는 역사대로 설화는 설화대로 두 개의 기록을 다 인정해야 한다고 생각한다. 사실을 밝혀 진위를 가리는 일은 의미가 없는 일이라 생각한다.

우리 익산은 미륵사지 창건 연기설화를 통하여 하루 빨리 평화로운 세상이 오고, 민중을 구원할 미륵불이 나타나기를 간절히 염원한 자랑스러운 곳이다.

그리고 국경과 신분을 초월하여 사랑을 꽃피운 아름답고 숭고한 이야기가 전하는 곳이다. 따라서 우리의 마음속에 이를 깊이 간직하고 널리 알려서, 우리 익산을 찾는 모든 사람들에게 뜨거운 감동을 주었으면 한다.

익산의 역사와 문화

나는 익산에서 태어나 익산에서 자랐다. 그리고 초등학교와 중·고등학교를 익산에서 다녔고, 평생 동안 익산에서 교직생활을 하고 있으니 참으로 행복하고 감사한 일이 아닐 수 없다.

그러나 고향에 사는 사람보다 고향을 떠나 객지에 사는 사람이 오히려 고향을 더 그리워하는 것처럼, 나 역시 고향에 살다보니 고향에 대한 그리움도 없고, 문화재가 많은 곳이라는 극히 상식적인 내용밖에 아는 것이 없었다.

그런데 대학을 마치고 우연히 익산고등학교에 근무하면서 익산의 역사와 문화에 대하여 자세히 알게 되는 기회를 얻었으니 참으로 다행이 아닐 수 없다.

익산시가 하나로 통합되기 전 익산은 이리시와 익산군으로 나뉘어져 있었다. 그런데 이리시는 일제 강점기에 만들어진 신도시이기 때문에 별로 문화재가 없으나, 익산군 특히 금마에는 미륵사지 석탑을 비롯하여 마한 백제 시대의 많은 유물과 문화재가 산재해 있어 '익산군지' 에 자세한 내용이 기록되어 있다.

그런데 '익산군지' 는 한자漢字가 많아 일반인들이 읽기에 불편한 점이 많고 발간 부수가 많지 않아 정부에서는 군지를 보완도 하고, 한글세대를 위해 새로 향토사 책을 발간하도록 하였다.

그리고 익산군에서는 당시 지방문화재 전문위원이며 익산고 교감이었던 송상규 선생님께 편집을 의뢰하였고, 편집을 맡은 송상규 교감선생님께서는 당시 국어를 가르치고 있는 나와 유윤종 선생을 불러 편집 일을 도와달라고 부탁하셨다.

교감선생님께서 가지고 온 많은 분량의 원고를 정독하며 읽다 보니, 자연히 우리 고장의 문화재에 대하여 많은 것을 알게 되었고, '미륵산의 정기' 라는 820쪽 분량의 책으로 발간되게 되었다.

송상규 교감선생님께서는 익산의 문화재에 대하여 최초로 연구를 시작한 선구자로 익산의 문화재를 널리 선양하는데 크게 기여를 하신 분이다. 그런데 교감선생님의 말씀에 의하면 익산의 문화재에 대하여 최초로 관심을 가지신 분은 대구사범을 졸업한 익산중학교 소병돈 초대 교장선생님이셨다고 한다.

소병돈 교장선생님께서는 1961년에 지역 유지를 중심으로 '익산고적보존회' 라는 단체를 만들어, 익산의 문화재에 대하여 신문이나 방송에 약간씩 소개를 하며 활동을 해오다가 어느 날 송상규 교감선생님을 불러 부탁을 하셨다고 한다.

"익산은 매우 중요한 곳이야. 그런데 나는 이제 나이가 많고 연구하기가 어려우니 젊은 송선생이 관심을 가지고 연구해봐."라고 말씀하시며 〈동국여지승람〉 등 당신이 가지고 계셨던 귀중한 책들을 주시며 격려를 해준 것이 계기가 되어 연구를 시작하게 되었다고 한다.

당시 소병돈 교장선생님께서는 수천 권의 고서를 소장하고 계셨는데 작고하신 후 유지에 따라 원광대학교 도서관에 기증을 했다고 한다.

송상규 교감선생님께서는 미륵산을 수없이 오르내리며 본격적으로 연구를 시작하게 되었고, 학교에서는 아예 '골동품을 수집하는 선생님'이라는 별명이 붙을 정도로 연구에 몰두하였다. 특히 선생님께서는 학생들에게 집에 있는 책이나 접시 그리고 이상한 문양이나 글자가 새겨진 기와 등을 가지고 오면 점수를 올려주는 등 다양한 방법으로 귀중한 문화재를 수집하였다.

또한 교감선생님의 말씀에 의하면 익산에 대해 학계에서 최초로 관심을 가지신 분은 동국대학교 황수영 박사님이라고 하셨다. 당시 황박사님께서는 부부가 주말에 익산에 내려와 하룻밤을 묵으면서 현지를 답사하고 유물을 수집했는데, 우연히 송선생님을 만나 서로가 많은 도움을 주고 받았다고 한다.

그후 송선생님께서는 익산의 역사에 대하여 학문적으로 체계를 세우게 되어, '익산 금마 왕궁평성에 대한 연구' '견훤의 완산 입도설에 대한 고찰' 등 많은 논문을 발표하게 되었고, 고려대학교 교육대학원에서 학위를 취득한 후 충남대학교에 강의를 나가는 등 많은 활동을 하셨다.

1984년 6월에 금마를 중심으로 7명의 회원들이 모여 익산의 문화를 보존하며 이를 조사 연구하여 널리 알리기 위해 '익산고적선양회' 라는 모임을 결성하였다. 그리고 초대 회장으로 송상규 교감선생님을 만장일치로 추대하여 매월 한번씩 모임을 갖고, 답사를 하며, 발표를 하게 되었고, 연말에 그 결과를 묶어 〈익산문화〉라는 책을 발간하게 되었다. 그런데 '익산문화' 는 경제적인 이유로 4집까지 발간되다가 중단되었다. 그리고 현재는 '익산교원향토문화연구회' 회원들이 연구 논문을 책으로 발간하여 익산을 알리고 있으니 매우 고마운 일이 아닐 수 없다.

익산에는 전북에서 유일하게 대제학을 지낸 '양곡 소세양' , 청렴 강직하기로 유명한 '표옹 송영구' , 현대시조의 아버지라 불리는 '가람 이병기' 등 훌륭한 분들이 많다. 그런데 그 중에서도 익산의 역사를 최초로 연구하고 익산을 널리 알리기 위해 일생을 연구에 몰두하신 상산 송상규 선생님께서는 후학들에게 많은 영향을 끼친 훌륭한 어른이시다.

나는 익산에서 태어나 익산에서 살고 있는 것에 대하여 항상 감사하며 행운이라 생각한다. 익산은 마한 백제의 훌륭한 역사와 문화가 숨쉬고 있고, 훌륭한 분들이 너무나 많기 때문이다.

| 가람 이병기

가람 이병기 선생은 1891년 익산군 여산면 원수리 진사동에서 태어났다. 그리고 77세인 1968년에 이곳 생가에서 돌아가셨고, 뒷산 양지 바른 곳에 선생님의 묘소가 있다.

선생님께서는 한국 현대시조의 중흥을 위해 주옥같은 시조 1000여 편을 남기셨다. 그리고 한국문학사에 길이 남을 〈국문학전사〉를 남기는 등 국문학자요 문학인으로서 많은 공을 세우셨다.

가람 선생의 생가가 위치한 원수리 진사동은 선생님의 4대조 때부터 살았다고 하는데, 뒤로는 용화산 줄기가 길게 동으로 뻗어내려 야트막한 산기슭을 이루고, 집 뒤에는 그리 크지 않은 소나무가 빽빽하게 우거진 곳에 청청한 대나무가 병풍처럼 둘러져 그지없이 평화롭게 보이는 전형적인 농촌 마을이다.

선생님의 생가는 현재 지방기념물 제 6호로 지정되어 있으며, 원형 그대로 복원하여 보존되어 있다. 생가에 들어서면 먼저 화강암으로 만든 선생님의 석상이 있는데, 마치 생전의 모습을 대하는 것만 같다. 마당에 들어서면 승운정勝雲亭 모정이 있고, 승운정 옆에 해묵은 탱자나무 한 그루가 예스러운 모습을 자랑하고 있다.

승운정 정자를 지나면 바로 수우제守愚齊라는 현판이 붙은 사랑채 건물이 나온다. 그리고 안으로 들어가면 살림을 할 수 있는 안채가 있고 옆으로 창고가 있어 ㄷ자 모양의 구조를 하고 있다.

수우제 바로 앞에는 그리 크지는 않지만 아름다운 연못이 있다. 그리고 연못 주위의 화단에는 선생님께서 평소 즐기셨던 동백과 산수유, 그리고 백일홍, 수국, 향나무 등이 자연스럽게 심어져 있다.

선생님은 유독 화초를 사랑하고 좋아하셨다. 그리하여 작품 중에는 난초와 수선화를 비롯하여 매화, 오동꽃 등을 제목으로 한 작품이 많다.

선생님의 수필 중에 '백련白蓮'이라는 작품이 있다. 그런데 백련은 쉽게 죽고 잘 자라지를 않아 키우기가 어려웠다고 한다. "중국에서 얻어온 귀한 백련을 심어 수년 만에 꽃이 연못에 가득 차 삿갓만한 잎과 백학만한 꽃이 여름부터 가을까지 활짝 피어 그 향긋한 향내가 코를 찔렀다."고 한다.

나는 익산에서 출생하여 익산에서 살았지만 가람 생가를 찾게 된 것은 처음 국어교사로 발령을 받아서였다. 마침 겨울 방학이 되어 친한 친구들과 함께 여산에 갔는데 지금은 작고하셨지만 선생님의 부인되시는 김수金洙 여사님께서 며느리와 함께 살고 계셨다.

이런저런 질문을 하다가 "생전에 가장 인상 깊게 남는 추억담을 하나만 말씀해 주십시오."라고 부탁을 드렸더니 "조선어학회 사건 때 갑자기 일본인 형사들이 들이닥쳐 함흥형무소로 붙들려 가는데, 당시의 상황으로는 다시는 못 만날지도 모르는 상황인데도 아이들 잘 키우라는 말씀은 한 마디도 하지 않고 난초 죽이지 말라는 한 마디만 남기고 떠나셨다."고 한다.

우리 일행이 선생님 댁을 찾은 때가 겨울이었고 또한 점심때여서 집을 나서려고 했더니 사모님께서 점심을 차려 오셨다. 그리하여 초면에 밥을 먹게 되었는데 식사와 함께 소주 한 병을 내놓으시며 마시라고 주셔서 감사한 마음으로 마신 기억이 난다. 생전에 선생님의 모습은 뵙지 못했지만 사모님의 모습을 대한 것만 해도 다행이 아닐 수 없다.

가람 선생은 전통적인 유가 집안에 태어나 거의 18세까지 한학을 공부하셨다. 그리고 양계초 선생의 〈음빙실문집〉이라는 책을 읽고 신학문을 접하게 되면서부터 우리의 자랑인 한글을 갈고 닦기에 일생 동안 혼신의 노력을 아끼지 않았다.

그리하여 우리의 전통 시가인 시조문학의 중흥을 위하여 많은 작품을 남기셨으며, 많은 수필 작품과 일기를 모두 한글로 쓰셨다.

특히 선생님께서는 가장 치욕적이라 할 수 있는 일제 강점기 시대를 살아가면서 우리의 글을 지키는 것이 곧 나라를 되찾는 길이라는 신념으로 평생 동안 한글을 갈고 닦는데 힘썼다. 그리고 많은 문학인들이 변절을 하고, 친일을 하기도 했으나 끝까지 지조를 지켰다.

가람 선생은 국문학에 대하여 남다른 안목과 애정을 가지고 박봉 속에서도 고서를 수집, 서울대학교에 5000여 권을 기증하셨다. 선생님의 뛰어난 식견이 아니었다면 많은 작품들이 빛을 보지 못한 채 사라질 뻔하였다.

선생님께서는 우리 익산을 무척이나 아끼신 분이셨다. 작품 '고향으로 돌아가자'에도 잘 나타나 있는 것처럼 '암데나 정들면 못살 리 없으련마는 그래도 나의 고향이 아니 가장 그리운가'라고 노래하였다.

서울대학교 교수와 화려한 경력을 가지고 계시면서도 모든 명예를 훌훌 털어버리시고 고향에 내려와, 고향에서 살다가 돌아가셨다. 그리고 고향 뒷산에 고이 묻히셨으니 근대의 마지막 선비가 아닐 수 없다.

선생님의 생가에 가면 아직도 선생님의 뜨거운 자취가 그대로 남아 있다. 시내에서 그리 멀지 않은 곳이기 때문에 시간이 있을 때마다 가람 생가를 찾아가 선생님의 업적을 되새겨본다.

생각의 숲에서 길을 묻다

생각의 숲에서 길을 묻다

1판1쇄 발행 | 2011년 10월 15일
1판2쇄 발행 | 2012년 1월 20일
지은이 | 소관섭
펴낸이 | 소준선
펴낸곳 | 도서출판 세시
출판등록 | 3-553호
주소 | 서울 마포구 대흥동 303번지 3층
전화 | (02) 715-0066
팩스 | (02) 715-0033
ISBN 978-89-85982-26-9 03810

이 책은 전라북도 문예진흥원의 기금을 받아 제작하였습니다.